文芸社セレクション

とおりゃんせ

神代 里枝

文芸社

目次

乗り合いバス

一　乗合バスの中

老婆が手すりにしっかりとすがりよじ登るようにバスのステップに一足、二足と踏ん張ってのぼり、空いている席を探した。と言っても小型のバスで運転席の後ろに、前向きの椅子が二つ、両脇に横並びの椅子があって、一番後部に長椅子のように椅子が前向きにあった。コロナ禍のためか十人も乗れないほどの椅子で、老婆は、発進したと同時に一番手前の横並びの席によろけるように座った。背中にリュックのようなカバンを背負い、一方の片手を膨らんだお腹の辺りにあてがい、そのせいか何となく足が細く不均衡に見えた。乗っていた横の一人の男だけがちらっと老婆を見たようだった。老婆が座ると同時に発進したので、横ずわりまま、隣の男の方に倒れ込んだ。男は半分後ろに傾いたまま、老婆の体を受け止めるようにして「もっと静かに発進しろよ」とぼそっとつぶやいた。走り出してから老婆は背中のリュックを男とは反対の方に下ろして、ほっとしたかのようにバスの中の人を見回した。

老婆が乗る時は降っていなかった雪が、窓の外では猛烈に降り始めていた。老婆の真向かいの青年は落ち着かない様子で、ガラスが曇り始めた窓の外を見たり、カバーのかかった本を閉じたり開けたり、ポケットからスマホを出したり入れたり落ち着かない。右奥の三人掛けの椅子に一人隅に座っている女子高生らしき女子に老婆は目線を移した。その子は手元のスマホをじっと見ては、指をちょこちょこと動かしている。青い毛糸の帽子に、赤い髪が両方からたれ、真っ白いスマホを打つ手は素手でピンク色でつめたそうだった。再び老婆は隣の男の手元を覗いた。隣の男は、大分太り気味の体格のいい男で、バスが加速して老婆が倒れ掛かっても、男の肩の所で受け止めてくれているように見えた。更に車体が上下に揺れても黒ケースの中のノートパソコンを膝にのせ、懸命に何か打ち込んでいた。老婆は老眼の下から一同を確かめるように見回すと安心したのか、途端に窪んだ目元が緩み、すぐにうとうとし始めた。大型のバスよりかクッションもよく、温かかったし、混んでいないので居心地がよかったのだろう。

　乗り合いのタクシーのような車は、四人だけの客を乗せて、さっきよりスピードを少し落として、川沿いを走っていた。

二　遠い記憶

老婆は、お腹の出た部分に両手を載せ、バスの揺れに心地よさそうに居眠りをしながら、そのまま、ずっとずっと幼い時に汽車に乗っている記憶につながっていった。八十年も前のその時は、こんなシートの厚い椅子どころではなく、硬い床の貨物列車の中だった。しかも、三歳という記憶の中にずっと残っている記憶とは、すぐ耳元で、真っ暗闇の中で、大車輪のレールを走るガチャガチャという音と、貨車と貨車が連結した部分のグァラングァランと引っ張りもみ合う音、がりがりと引っかきながら、重い物体を引き動かすあえいで走る何両もの貨車の巨大な集約された音が耳元のすぐ脇で聞こえた。ガチンと大きな強い音の時は、大きく車体も揺れ、体ごとゆすられ持ち上げられ投げ出されるようで、更にその暗闇の中は、ムッとする匂いとじっとりとする湿気がまとわりついて不快だった。でも、あの頃の三歳の女の子は、泣いて声をあげることは本能で「ためにならない」ことをどこかでわかっていた。その大音響の重量のある貨物どうしが連結の部分でぶつかり合う音がピタッとやむ時があった。すると遠くからピーという音やとっとっととという足音のような音が近づいて、扉を軽く叩くような音とガチャガチャ、ガチャガチャッという音を合図に、ある一点を見つめる女の子の瞳に、黒い平面がズーッとゆっくり開かれていって、そこから四角い切り取ったようなまばゆい光がぱぁーっと目に入ってくる。渇いたのどに水を飲んだようなさわやかなおいしい外の空気と風が口元に流れ込む。するとすぐ脇にごろごろと岩のような丸い人影が動き出して、その扉からゆっくりと出入りした。その何十両もの列車は、幾晩か徹夜で駅に並んで待った末、やっと切符を手に入れた人びとを乗せて、食べるものも飲む水さえ持たない寡黙の人を隙間なく乗せ、空からの爆撃を受けるかもしれない中を抜けて運ばれて、それでも生き残れた幸運な人達だった。

あの遠くから近づいてくる音の記憶の中から抜け出すと、老婆の頭の中には、再生から決定のような画面に変わる。今のコロナという疫病が流行りだしてから、昔の記憶とが交錯して混乱してくる。程よくゆらりと揺れるバスの乗り心地にもかかわらず、「緊急事態宣言」と、「空襲警報発令」とまるで一緒くたになったり、「三密」から「不要不急」「ステイホーム」「黙食」などの行動を制限する言葉はまるで管制塔の「夜間の灯りを漏らすな」「贅沢は敵」から始まって大声や集まりの禁止と、あの焼夷弾に「竹やりの訓練やバケツリレー」のような制約の時。それが今辺りを見回すと、広い田んぼと畑、そして近くに奥羽のずっしりとして山並みとその脇をゆったりと流れる川。農村の過疎の町はコンクリ詰めの都会の過密とはまったくかけ離れている。

家族と言えば老夫婦だけや残された一人は介護をうけるか、冬だけは、かつて大所帯の農家の広い風通しの良い家などに住んでいられないから施設に入り放棄された広い建物だった。春になれば、冬眠から覚めたカエルのように、安心安全の施設から出てきて過酷な外仕事に追われる。電球が切れたの水が出なくなったの、冬囲いを取ったり外したりなどシルバーセンターも駆り出されて、過疎化の世界で密な関係などあるはずもない。たまに真面目に跡を継いだ若いもんは、ドローンを使った散布や大型機械に馬のかわりに乗っての大して広くない田んぼの作業だが、大きな機械のローンが控えている。テレビのニュースを見ながら、老婆は一笑する。時たま市の広報からの有線放送がスピーカーから「防災課からお伝えします」と辺りに流れるお願いも、都会暮らしと同じ、三密だのステイホームを繰り返してるので、バカバカしくなり戸を立てることにしている。「戦後の日本人となんにもかわってねぇ」と悪しざまに、一人事を言う。特にコロナ感染者に対する地域や氏名を公表せずに、ひたすら秘密裏にしたり、医療従事者への偏見はまた特別老婆にとって腹が立つものらしかった。

あの戦後の子供だった頃、新しい教科書をもらえると嬉しくて大事にした。その大切で何度もページを開いてみていたはずの教科書も、ある日ある時からバッチリと太い墨でバツ印がされたり、又教師も大人も丁寧な説明はなく黙っていることが不思議だった。まだある。門前町に育った頃、祭りでにぎわう時、手足のない白い着物のような服に軍帽をかぶった傷病兵達が三、四人ほど門前に立って、アコーディオンを弾いたり、歌ったり通りがかりの人に頭を下げて白い箱を差し出したりして、母さえも気の毒がって、ないお金をその箱に差し入れたりしていた。それなのに、ある日ある時から「あの人達は国から金をもらっているから、さい銭ドロボー」とか言い出し、警察の手入れで逃げ回るような光景を目の当たりに見て、さすがに子供なりに「えっなんでかわいそうな人を捕まえるの」と思いつつ戦後の大人達を見ていた。そういえばあの頃、マッチ売りの少女が何故近くにクリスマスを祝っている家があり人がいるのに、どうしてその人達に死にそうなほど寒いひもじいと助けを求めないのか、あるいはその人達が食べ物を分けてやらないのか、なぜ人の歩いている道端で死んでしまわなければならないか理解できなかった。あれから何年たったというのだ。今も、他国では戦火が長引き、眼だけ大きい肩幅のないうつろな姿の幼子の姿。大量の民間人施設や劇場そして路上に人が倒れている戦争を、誰もすぐにとめられない同じような世の中。そういう映像をご飯を食べながら見ているという落差。今は二十一世紀なのだ。老婆の頭の中は、ますます遠い記憶と今が混沌として、黒と白が混濁して頭がむしろある部分だけが覚醒してきていた。

三　乗車の人

揺れるバスの中は上は熱いのに、足元は冷え、居心地があまり良くなくなっていた。

隣の男は「えっ百六十円？」とか言いながら何かの連絡が入ったのか、「すぐ着いたらオンラインで会議だ」呟きながらパチパチ打ち込んで、更に忙しそうに指先を強くして、「時間は明日の十時、医療器具のマスクや消毒液などからホテルの客足と宿泊のキャンセル数、飲食店の営業時間をどうするのか、あと貸駐車場の三件について」などなにやら複数の経営の打ち合わせに追われている様子だった。東京に戻った日に開く日程などと、まるでタブレット版ほどの小さい画面はめまぐるしく出たり消えたり動いていた。車はでこぼこした雪道でも走っているのか、左右に大きく揺れたりブレーキがかかったりして揺れ出した。パソコン男の指は、何回も打ち直しするようになった。それでも人のよさそうな顔の表情は太い睫が上下したり、両足と膝の上の鞄を大きな体でフォローして仕事をこなしているらしい。その左右、時には上下に揺れると膝をつぼめて片手で抑えたり、間違って訂正したりして、バランスを取ろうと顔と体をおおいに動かしていた。そこへ老婆の体がぶつかったり滑り落ちそうになったりするので、とうとう容易でない様子に変わり、前や後ろの窓をきょろきょろ見て「ゆれるなぁ。工事中の道だか」とパソコンから目を離し外を見回している。その男の表情をちらっちらっと見ていた後ろの席の高校生らしい女が、とうとうしかめっ面の顔を崩してクスリと笑った。向かいの青年も、あまり揺れるので顔を上げ前の男の忙しそうなパフォーマンスをぼんやり見ていた。つやのある丸っこい中年男と腹が出た老婆二人の動きが、バスの速さで右へ左へと揺れ動く様子に「あはっ」と声を漏らした。そのはずだ。老婆のおなかの膨れた辺りから、猫がニャーと言って頭を出し、「ゆれるにゃ」と言っているようだ。かすかな鳴き声だが一斉に視線が猫に向いた。が、皆すぐに目を逸らせた。老婆は「フムフムお腹がすいたか。あいよ」そう言ってごそごそまさぐっていたが、袋から餌を手のひらに乗せた。子猫はポリポリカリカリ音をさせて食べると、すぐに老婆のおなかの袋のような中にもぐり込んだ。向かいの青年は、われに返ったようにカバーしてある本をしまうと、大きすぎるオーバーのポケットから何か取り出して両耳に掛けた。老婆はちらっと見てイヤホーンかと思ったが目を凝らしてみると、片方の手をポケットにしまい込んでもそもそやっていた。老婆は「ほっ」と声を上げげた。「それ医者の持つ聴診器じゃないかい」後の二人も今度は顔を上げて青年を見た。両耳から下がっているのはイヤホンよりずっと太い黒い聴診器だった。「それおもちゃだろ」と誰かが言ったが、他の者達は、さっきの老婆の猫のようにちらっと見て、又すぐに関心がないようにそれぞれの自分のことに戻ったようだ。青年は相変わらず、なにかぶつぶつつぶやいてとうとう、受験の暗記を放棄して、足でリズムを取りだしぶつぶつとなにやらつぶやき始めた。

「あっあー外でて思いっきり走りてい。だっだだだ。コロコロコロナ　コロナにやられ　コロコロ転がって起きた　しゃべりていな　べっちゃべっちゃと　あいつらとあってコロコロ転げて　だっだだだ　あっあー喰いにも飲みにもいきてぃし　二年も一人部屋の牢獄生活だぁ　コロコロコロナ　コロッと逝くなよ　みんな」

一番後ろのスマホの女子は、だれとも関心ももたず、揺れるに任せていたが、いつのまにか手袋をはめたままなぞっていた。その画面は当然なかなか動かない。手袋を外そうとちょっと左手を脱ごうとしてめくりあげた皮膚の間から、何本かの線のようになぞった傷が一瞬あらわになった。慌ててもう一方の手でそれを隠すようにしてから、その傷の痛みを思い出したのかスマホから指が離れた。漠然とした幾人かの人の顔が現れ消え、そして足元の方のすねの痛みも記憶に戻り、部活の一人の強い視線を感じた。振り払おうとしても必要に迫ってくる顔と、足蹴り。やっと戻った家の薄暗い部屋と冷え切ったぬくもりのない、料理の匂いもしない、殺風景な部屋。誰にも愛されていない、自分自身の存在も無意味なこの空間。何回試し切りをしただろう。たいしていたくないのに、後になってとてつもなく痛む心。両袖を引っ張って腕をしっかり覆うと又手袋をした。それから、窓の方にすり寄って曇った窓ガラスをこすって外を見た。夕暮れ時だろうか。いや、このバスに乗ったのは明け方だったような気もする。その時は誰も乗っていなかった。外は、街中でなく、所々に杉の木が見えたり、高く道に沿って屋根から降ろされた雪が山のように積まれて、除雪された後だろうか、少し身を高くすると、道路脇にたまーに人家が見隠れした。つまらないふつうの真冬の田舎の道だ。いや、少し勾配があるから山道か。いったいどこを走っているのだろう。ガタンズズズーとすべり大きく揺れてバスは止まるのかと思ったが、又走り続け、道は悪くなったのかガタガタ揺れる。パソコンと格闘する男としがみつくようにしている老婆は、ガタガタと上下運動のように揺れる車の動きに、身をゆだねてるようだ。青年は、ふと不安な顔をして「このバスどこいきだったかな」などとつぶやいてまたも辺りを見回した。右方向の運転席はビニールシートと、ボードのような板で仕切られていて、運転手の姿はおぼろげだし、会話などできそうにない。そんな時だった。

ガタンズリズリドチャドチャッと荒ましい音だけが皆覚えているが、大変なことが起こってしまった。かなり降って積もった、ビチャビチャの雪解けの山にタイヤがとられてスリップし、山間の段差から斜めに田んぼ脇の窪地に落ちてしまっていた。

乗り合わしていた人達は、一同病院の一室に収容された。救急入院をやっと引き受けてくれたが、六人部屋にまず隔離された。すぐに人が来て、ケガの状態などを確かめてから、今晩は夕食だけを手配してくれたが、色々検査をしてからでないと移動できないということで、ベッドの用意と手荷物も間もなく届いた。新型コロナの影響をまざまざとあてはめられたように、四人はある病院の一室の仕切られたカーテンの中に緊急に入院させられそれぞれの思いに沈む一晩になった。まず、パソコンで仕事をしていた男が困り果てていった。

「オイオイ俺のパソコンはどうした。へえってねぇぞ」

訛りの言葉で大慌てで文句を言っている。未来を確信しているような青年は「もし、コロナでなかったら、ちょっと肘がいたいだけだから、歩いてでも家に戻るのに」と主張しながら更に「なんだって検査で五日もここに閉じ込められたら大変だ。今、絶対に国家試験に合格しなきゃならないんだ。今までずっと不要不急や三密など手洗いマスクみんなきっちり守ってきた。それなのにこの疫病者扱いの閉じ込めは困る困る」

「まてよ。呼び出しボタン、ボタンはどこだ。俺はコロナにかかってないしケガもしてない。なんでここにはいってなきゃならない」

「落ち着け少年」

とうとうパソコン男が声をかけた。

「少年？　おれ高校生じゃない」

流石に聴診器はバッグに収めたらしいが、ポケットからは今度は先っちょのラッパの方が出ていた。少し間をおいて、

「おじさん」

「俺はおじさんでねぇ、まだ若いんだぞ」

「ごめん。今のこんな入院隔離って、おかしいよな」

今度は、カーテンの隙間から外を見て開かない窓にがっかりしていた。

「おれエンジニアになってロボット研究に取り組んだ方がましなような気がしてきた」

と一か所に閉じ込められた行動制限というより警官の命令、看護師らの宇宙服姿のような顔の見えない問答、とかの指示で頭が硬直して将来のことまで迷う事態のショックになっていた。

他の二人の女性、とはいっても、一人は八十歳ぐらいで少女は十七、八ぐらいか、女子と老婆はベッドに座り、高校生の女はしゃっとカーテンを閉めてバタンと横になった。老婆は、「どこも痛いところはなかった」とカーテン越しに聞いている。少し真顔になって「うん」といってごろりと横向きに窓側の老婆の方を向くと、「おばあちゃん、どっこも何ともなかった」とカーテンの隙間から聞いた。「ありがとうね。なんだか痛いところがわからないよ。腰のような肩のような、頭のような」

などといっている。一番大けがをしたのはあとからわかったのだが、運転手の人で別の病院に運ばれたそうだ。そして、二人の男達は、いつの間にか別行動を認められたらしくいなくなっていた。

四　ぬくもり

老婆は眠れなくて、窓際のカーテンをそっと開けて夜の外をのぞいた。雪が深々と降っている。上を見上げるとつややかな真っ黒いビロードのような空から、明かりを受けた真っ白い雪が、一つ一つの命ある虫のように踊りながら降りてくる。この降り方は「寒が過ぎた頃かな」遠くに白い建物には綿のようにつもり、すぐ目の前のガラス窓は一片一片違う模様の雪が、灯りに集まってのぞき込んでいるようにも感じる。普段考えることのないような、ずっとずっと何千年も前からの歳月、自然は同じ光景を繰り返してきたのだろうかガラス窓に、ほんのりとぼやけた自分の白髪頭としょぼしょぼした目が、やはり自分をのぞき込んでいるように映っていた。そこに、後ろの方にもう一つ、やはり眠れずに、長い髪をかき乱した若い高校生らしい女子の姿があった。隣のベッドからは外が見えないので、老婆との間のカーテンを少し開け外を覗いてみていた。

「眠れないんだろ。ここにきて座ってもいいよ」女子は名画の「泣く女」のような顔になった。泣く女の顔は、年齢を感じさせない皆同じ人のように見えて、老婆はひと

り「へぇ不思議なもんだ」勝手に一人合点したあと、

「えらいことになってしまったね」

といいながら、すぐ「泣く女」の顔は消えている隣の女子のベッドに寄っていった。着替えた病院の寝間着から真っ白い雪のような二の腕は丸見えだった。その白い皮膚には痛々しい赤い横の線が少しぎざぎざして三本くっきり浮き出て見えた。その手を老婆は節くれだち節の浮き出た枯れ枝のようなごつごつして手ですくい上げるようにそっと手に取ってさすった。

「まだ若いのにつらいことがあったんだね」

そう言って自分に向かってため息をついた。それから急に操り人形の糸がぴんと張られたように大きく息を吐いてから、八十年前の記憶の糸を手繰り寄せるかのように話し出した。

「私が三歳の時戦争があった。母の背中のねんねこ半纏の中で、爆撃の炎の中を逃れてる時だった。猛烈な熱さとのどが渇いて息ができずに母の背中で手足をバタバタさせて上へ上へと夢中でもがいた記憶を、今も覚えている。母は小柄な体に大きな私を負ぶって、両手に荷物を持っていたから耐えられなかった。「誰か水をください」と母が叫んだそうだ。そうしたら一人の男の人が近づいて来て、水筒の水を私に飲ませてくれた。それで、この年まで生きぬくことができた。さぁスマホの大切なお嬢さん。

人にはどんな時でも言葉で助けを求めれば、手をかしてくれる人が必ずいる。そういう人がいることを信じることだ。あとは、自分自身の可能性も信じるんだ。何か自分にできることを。今の世の中は、必要なものに満ちているから、やるべきことは沢山あるはず」

そう話すだけ話して自分のベッドに戻っていくと、「疲れた」とぽつりといいお腹の辺りの重い生き物をそっと横に置いた。隣の女子は、青白い顔をゆがませたまま立ち上がって、少し距離を置いて老婆の横の丸いお荷物のふくらみをつややかな美しい腕を伸ばしてそっとなでた。するとみゃーと小さく眠そうに鳴いて全身を出してきて生々と背伸びをした。それから改まってお座りをしてから大きな欠伸をした。二人はつい目を見合わせて緊張がほぐれた。女子は、手を伸ばして、今度は毛の柔らかな心もとない小さい頭をなでなでした。横になった老婆は下から女子の顔の表情を見て、今度は名画の「微笑む女」のようだとほっとして、「この世の中に無駄なものなんてない。こんな小さな存在も心を癒してくれるものね」そういってベッドに再び横になった。

五　二〇二二年冬

それにもかかわらず老婆はやはり眠れるどころではなくなり、あの若い向かいの青年のように落ち着かない。今、お互いの人同士が近づけないもどかしさ。コロナから新型オミクロン次は何々ＢＡ２とかいう次の新株登場。老人にとって、いや自分の死はコロナで死ぬなら一、二週間あれば、あちらに逝けるのだからいいチャンスと思ったり、夫の両親の介護、次に夫と看取ったのだから、正直中々覚悟はできないが、世間様の礼儀上から今度は自分の番だからあまり長居をせずに、畳の上でだれかがいて看取ってくれればまあラッキーと思う。やっぱり、だれにも見つからない場所や風呂場で何日もというのは、やっぱり恥ずかしいかと思ったり死に方を、並べた菓子でも選ぶかのようにしていた。だが、どこかで老婆には死に急ぐ前にやることがあるような気がしてならない。病室や長椅子でじっと日向ぼっこのような安心安全で三食昼寝付き生活に耐えられなくなった。あの遠い足音が、この頃近くでやたら聞こえるのだ。今になってこのコロナ禍やウクライナへの露による戦争の世界情勢を聴くと、幼い頃の戦争の記憶とが同じ直線で繋がりシーソーのようにがったんばったんと不安の力比べをするように動き出し止まらない。

「コロコロコロッとコロナに引っかかるな。コロコロコロッとコロナに捕まるな。コロコロコロッケ喰いたいな」

とバスの中の青年のようにどこか幼稚になってぶつぶつつぶやき再起動が始まる。

「三歳の時、あたしの父は死んだ。爆撃や戦闘の弾に当たって死んだのではない。戦火にすべてを破壊つくされた日常の生活とその人のすべての過去の焼失をみて絶望して死んだ。戦後の立ち昇る薄いカゲロウのような炎に焼かれて死んだ。焼け跡の大きな破壊のあとをみて死んだのだ」

その言葉を聞きとったらしい女子は、猫をなでる手を止めた。倒れた父の前で立ち尽くす三歳の女の子の姿が見えるような気がした。

「八十年も前の三歳の頃の出来事でしょ」

むかしに戻った老婆は八十年間の思いを途切れずに更に続けた。

「若い人よ。

絶望するな。絶望を見て絶望するな。絶望した者は絶望した者に寄り添うことができる。

周りのけなげに咲く小さな花を愛でよう
野や川べりには木々を植えよう

風を感じて山河を眺望しよう
そして空を見る　星を見る
荒天の日は皆で食事をしよう
大丈夫　大丈夫
大丈夫だから　他者を絶望させるな
大地は君を愛でている
自然の癒しを受けて　群れに頼らず
絶望から立ち上がれ」

先ほどまでの老婆と違い凛とした目線や力に女子はもう一歩ベッドの脇に近づくと、節くれた枯れ枝のような老婆の手を思いがけず取った。さっき自分にしてくれたように。すると老婆の左手首には、今まで気が付かなかったが硬いテープがしっかりと巻かれてあった。そこには、老婆の名前と生年月日と病院名らしきものが書かれてあった。

「この人は八十年近くも父の死と戦争のことを抱え込んで生きてきた。私はまだ家族や友達とは物心ついて数年しかたっていない」

細い首を振ると、「きっと私より精神を深く病んでいる。いや、それとも認知症とかもあるのだろうか？　でも私と同じに暗い穴の中から脱出してきたんだね」

手首の身元の証であるテープを見ているうちに、初めて心が素直に開かれたような気がした。老婆は、若い女の上からの目線を感じてゆっくり今の時に意識がひきもどされたか微笑み返した。

「これはね」

一息つくと、枯れ枝のような手首にしっかりとまかれたテープを引っ張るようにしてから、急に不気味なほほえみをして、

「アウシュビッツという処ですべての人間につけられたのと同じナンバープレート、いやマイナンバーさ」

女子は、「そうマイナンバーか。まだ登録してないけど」と苦笑しながら、老婆の冷たい枯れ枝のような手に毛布を掛け直した。それから再びお腹の脇の猫をなでた。小さな猫はごろごろと喉を鳴らして撫でてくれている傷のある真っ白い手の甲の上辺りをぺろぺろと舐めた。老婆は、そんな光景を眺めながら眠ったようなので、女子もゆっくりと自分のベッドに戻り横になった。

明け方だろうか、老婆は懲りずに夢を見た。自由に寝返りを打てない身体を、介護をしてくれる腕が伸びてきた。老婆にはわかっている。その腕はしなやかでもない、ぎこちない動き、あせも匂いもしない冷たい物体だ。目も開けずに思い切り力任せに両手で振り払った。介護ロボットのアームと体の一部は飛び散って壊れた。高い請求

書が若い者に来た。老婆はしきりに若いもんに「ごめんごめん」と謝っているところで目が覚めた。何やらごそごそ起き上がり、あの聴診器を持った青年がまだ室内にいると思って、

「合理化や数値化だけの検査だけを重く見る治療ではなく、ぬくもりのある温かい聴診器でじかに人と対話した医療を期待しているよ」

と伝えたつもりで座り直し、お腹の上に頭を載せ気持ちよさそうに寝ている猫のにゃーにも、

「お前は、私がもしもの時、自然の山河に放してやるよ。安全と治療だけのロボットやシェルターの中での薬漬けの長生きなんて御免だね」

老婆は、遠い脚音の記憶が少しずつ遠のいてゆくのを感じて、やっと眠りについた。

完

千人の人を動かしていた男

ある男は、千人の人を動かすことができました。彼の毎日は、幾台ものコンピューターを前に座り、日がな一日大都会の真ん中で人を動かすためにビルの十一階で操作しているのです。顔を合わせ会話をする人は、パソコンの機械の操作や、ウイルス対策、わずかな現金を運ぶ人ととても限られた人だけでした。

ある時この男は、このビルの中から見る世間に飽きました。一寸だけ彼の育った山奥の一軒家が恋しくなりました。そこである日自動ヘリを操作して出かけました。ドローンを人用に改造しミツバチのように飛び回れるのに乗って山間の高原のすそ野に降り立ち、かつての遊んだ場所を探しました。でも、大きな欅の木も栗を拾った場所も見つかりません。確かに、彼の両親は早くに亡くなっていたので、家が残っているとは思えません。でも、大きな柿の木は見つかりました。その麓には短い、植えて間もないイネがそよ風にその短い丈の葉を揺らして小虫や泳ぐ生き物も見えます。まだだれかこの辺りに住んでいるのだと気が付きました。脇に泥んこになって遊んだ沼地も小さく残っています。小さな田んぼの周りには堰の水が活き活きと流れています。ふと男は考えました。千人の人は、動かせる。だが、この堰の流れや稲穂の生育を、人を動かして進めることはしごく難しいと、十一階のビルの中のオフィスでは考えない妙なことにきづかされました。

そんな普段考えもしないことを考えていると、その川岸で何か作業をしている人が見えてきました。近づくにつれ、一人の女の軽やかな歌声が聴こえます。

「鳥さんは高い声で空で歌います。

流れの中の魚たちは、笑い転げてぴんぴんはねて泳ぎ比べをしています。

わたしはと言えばこの野菜を洗って旨い料理をこしらえるよ」

そんな意味らしい弾んだ声が聞こえたので、男はどんどん女に近づいてゆくと、大きい声で尋ねたのです。

「なにがそんなに愉快なんだね」

女はびっくりして手にしていた物を川の中に取り落としました。

「こんなに不揃いの野菜をあらって、衣服の洗濯も手で洗って、水を汲んで運んで、なにが愉快なんだ」

女は、まるで男の話している意味がわからないように首を小鳥のように傾げました。

男はこの女の無知さに少し気分を悪くし、それから千人の人を動かしている己を、この女は知らないのだと気が付きました。

「お前は口がきけないわけではないだろう。さっき歌を歌っていた。どうだ。俺について大きな都会へ来い。いつでも食べ物のあるコンビニも、牛ひれの柔らかいシチューやスパゲティに甘いスイーツやアイス、いや婚礼衣装のようなふわふわドレス、髪飾りや先のとがったヒールのしなやかな靴、何でも手に入る。こんな田舎でなく町に来い」

と女の顔を覗き込んで、少しまともなことでもと思ったか、つけ加えるように、

「それに、色々な豪華な生活を楽しんでる人にも出会えるし、そう多種多様の本も揃うし高い技術も学べ、あらゆる知識や情報も早く得られる。そうだ。それから素晴らしい高度の芸術、絵画や演奏が聴ける」

と後の方は少し声を落として言った。それでも相手の表情が変わらないので、又一歩、さらに女に近づき、これでもかというように、

「こんな金にならない、たった数人のための仕事は毎日退屈だろう。もっと沢山の若い皆と知り合い社会のために役に立つ仕事が沢山町にはある。そしてそれに見合った報酬もな」

又一歩、これではどうかと、とどめを刺すように言い放った。すると女は、地面を蹴るように立ち上がると、丸っこい目が、矢で射るような細い目線に変わって男を見た。男は一瞬顎を引いてひるんですぐに、

「何を怒っているんだ。俺が気に食わない。いや、年頃の娘の気紛れな反抗か」

とつぶやいて眉を寄せた。女は、相手の言葉など聞き流して無視するようにすぐに黙ってくるりと踵を返して、少し小高い坂の上の柿の木の脇の小屋に入ってしまいました。その気配に、当たりの木々のざわめきや野原のおしゃべりしていた小鳥や、川

面に泳ぐぴちぴち跳ねる魚さえもサッと姿を消し、木々や稲穂も鳴りを潜めたように動きが止まったようでした。千人の人を動かすと自負している男は、思い通りにならなかったためか、「変わった女だ、何がお気に召さないのかわからんよ」

と不機嫌につぶやくと、すぐに町に戻ってしまいました。

あれから何年か歳月がたち、男は少し年を取りました。ふと十一階の部屋の椅子から立ち上がり、唐突に、昔の情景が浮かんで、とうとうあの田舎に行ってみたくなりました。男は歩くことが少なく時間に追われる生活が長かったせいか、年の割に白髪で腰が曲がりかけています。老眼にかけ替え補聴器をつけ直しました。それからあの故郷の近くの位置を、衛星写真で確かめると、自家用の小回りのきくヘリに乗りました。広く草刈りをしてあった場所が、草木でぼうぼうでヘリが降りられるような広場があの時のように見つかりません。小さかった木々が、高く伸びてしまったせいもあります。やっと見つけた頂に無理やり着陸して、見覚えのある柿の木のある地に歩いてやっとたどり着きました。

あの時の小屋が見えました。季節はあの時と違い柿の実が赤く熟れ、秋が始まっていました。刈り取られた小さな田んぼが、二枚ほど見え、あとはカラカラに枯れ切った豆畑とか大根の葉のようなものが見えました。あの記憶にある風景の流れに立ってみました。女が駆け込んだ小屋は少し小高い中腹に変わらずありました。ステッキを忘れたので這うように一歩一歩息を荒くしながらやっと板で囲った小屋の前に立ちました。周りには薪が積み上げてあり窓や戸にはもう冬支度準備らしく長い柱や板そして荒縄などがおいてあって、冬囲いの準備が始まっているようです。ここは、冬になると、雪が家を包むほど降る土地柄なのを男は忘れていました。あの女は、それでも、麓の町に下りずにこの土地で冬を越すようでした。

風が西からひと吹きふいてくると、その建物の引き戸が突然開けられたので男はびっくりしました。年取った男は、今回は、前と違い、自然と帽子をとってお辞儀をしました。女は突然の訪問にもかかわらず、あの時と同じようにひるむことなくまっすぐに訪問者を見つめると、わずかに和んだような表情をしました。男には、女がすぐに謎のほほ笑みをしたように感じ取れました。女は男の訪問をわかっていたかのように、

「どうぞお休みください」

と少し、しわがれていましたが丁寧に言いました。男には、目の前の少し灰色がかった髪の女が、あの時はスカーフを頭にかぶっていたけれど、小川で仕事をしていた女であることがすぐにわかりました。この女には毅然とした町の女にはない何かがあるからです。千人の人を動かしてきた男の顔を一度しかあっていないのに、しかもほとんど誰も知らないはずの自分を、この女は瞬時で覚えていたと驚きました。男は

頭を下げてゆっくり木の床を歩いて、勧められる窓辺の椅子に座りました。とても座り心地のいい椅子でした。女は、といっても、男と同じにやはりあれから年を取っていましたが、しっかりとした口調で、

「あなたは千人の人を動かすことができる人でしたね」

とまず言葉をかけました。男は、それがこの女から言われたので嬉しくて、つい誇らしげにうなずきました。すかさず女は言葉を続けました。

「今、世界の町は、流行りの厄病で混乱していますね」

その言葉を聞いた男は、途端に頭と喉がどういうわけか痛くなり息苦しくなりました。それで胸ポケットからスマホより少し大きなタブレットのパソコンを取り出しました。なんということでしょう、男はいっぱいの飲み物を飲みたいと思っていつものように取り出したようです。でも、オンラインを広げても、画像にお茶が映るだけで、誰も今すぐここまで彼にいっぱいのお茶を届けてくれる人がもちろんいるわけがありませんでした。彼は、熱い石の上に置かれた一握りの氷が溶けるように、自分の存在を初めて心許なく感じました。がっくりとパソコンから手を下ろし辺りを見回すと、いつの間にか女は奥に入ったのか姿が見えません。少し首を伸ばして奥の方を覗いてみると、ベッドに誰か臥せって寝ているようです。男の灰色がかった瞳は、ぼんやりとそのまま右手の方の台所らしい方に目線を動かしてみると、そこには、香りと共に

温かい飲み物を入れている、例の女の後ろ姿がしっかり見えました。よく櫛の通った髪を束ねて結わえ、少し肩に丸みを帯びていましたが、あの時と同じにてきぱきとお茶でしょうか手を動かしている姿が見えます。男の脳裏からは千人の姿は遠くに消え、目の前にいる一個の確実に動き回る人の気配と存在感に希望のような安らぎのような確かなものを感じました。女はくるりと軽く振り返って飲み物を運んでテーブルの上に置きました。その置かれた湯呑からは、懐かしいこの自然の中で熟成された香りが漂い、そのゆっくりと立ち昇る湯気からは、家族や友人との遠い記憶がすっと映像のように次々とよみがえったのです。沼や田んぼや川で泥んこになって遊び、涙も汗も飛び散らして取っ組み合いをしたり、抱き合ったり、ワイワイと料理を食べながら旨いのまずいのとつばや汗をとばして喋りあったことなど小さな集まりで、ひとりひとりの顔が見える。その皆のぬくもりさえがふつふつと体の中に伝わってきました。家にはいつも家族の誰かがいて何か手仕事をしながら歌を歌ったり、祭りの笛太鼓から足踏みのオルガンを弾いたり、耳には音楽も流れていたのです。確かに雪の記憶もわいてきました。屋根からどっと滑り落ちる雪の音、長い長い台所の窓ガラスからのつらら。雪玉をぶつけ合ってキャッキャと雪原の中を転げまわったことなどなど。男は心の底から「そうかぁ」と感心したようにつぶやき、なにやらこの男らしい結論を引き出しました。いつか前に来た時、女が不機嫌に去ったわけがわかったような気がしました。男の髪はあの時と違い白いものが交じり始め、歩く足はもっと遅く重くなっていました。千人のその家族も養っているのだという自負もありました。あの時は、この一人の田舎で洗い物をする女を幸せには見れなかったことに気が付きました。

「一人の人間が千人を動かせるということは、その者達を戦いの歩兵に引き込むこともできる。だがその逆は非（否）だ」

まるで自分が神か預言者になったかのように続けました。

「もしそのある一人が、地球を破壊するほどの力を持った時、現代では、逆に何千何億もの人の智力を集め、武器なしで、かの一人を動かさなければならない」

今、目の前でたった一杯の飲み物を、飲みたい時に、こうやって、目の前で湯気を立て、香りのよい飲み物を出してくれたたった一人の人が、とても大切に思え、自分の周りには長い間だれもいなかったことにもきづきました。一口一口飲みながら男は思いました。

「海にいる小魚は、大きな魚に群れて対抗する。数で戦うとしてもいずれ誰かが食われる。大都会の強固なコンクリや鉄骨の中に巣くう人間という大きな群れも、もっと巨大な大国や自然の破壊に出会うことがあるだろう。群れずに一匹だけ過疎の海で生きるも好し」

ちらっと男の頭の中をそんな一塊の考えがよぎりました。いつの間に気分もよく、指先の文字や変換そしてエンターキーから指を放し、パソコンの中のお茶の画面を閉じかけた時、画面が一変して一人の男の姿が映りました。「戦争は終結した」そう文字が出ました。すると、だっと勢いよく椅子を引いて立ち上がると両踵をバシっとそろえると、胸を張って片手をあげて敬礼をし、

「民族を超えて、世界はこの一人の亡霊の全存在を否定し、現在生きる私達は、過去の他国へのあらゆる侵略行為をやめ、すべての死者と未来に向かう子供達へ謝罪と許しの気持ちを忘れてはいけません」

とまるで大統領か政治家のようにふるまい言い切り、最後の残りの飲み物を一気に飲みほすと、女の方に丁寧に頭を下げて「ごちそうさまでした」と言って敬礼を下ろし歩き出しました。女は西に沈む太陽のほのかな明かりを受けて、あの謎のような微笑みを返し、男の帰りを黙って目で見送りました。

完

聴耳頭巾

こうもり傘

　病院の外の入り口の脇に一本のこうもり傘が立てかけてありました。人が出入りしても誰もその傘に気が付くものはいないようです。その日、だれも取りに戻っては来ませんでした。次の日もそこに置き忘れられたままでした。もう誰にもその傘は必要とされないでポツンと暫くそのまま置かれているようです。

　ある時、大風が吹きました。猛烈な風が吹きあれ、その辺りの街路樹の枝が折れ小枝は引きちぎられ飛ばされるほどの強い風でした。一本の黒い大きな傘は思い切り足をすくわれて、宙に舞い上がり空を飛びました。その風に乗ってはるかな土地の高い鉄塔のようなところに引っかかりました。引っかかった鉄塔から、日がたつにつれて傘の取っ手がずり落ちて、屋根の取っ掛かりにある角のトヨのようなところまでずり落ちてきて、地面に近く下の方まで下りてきました。黒い大きなこうもり傘は、たたきつけられたくないために、そろりそろりと道路に下りてきたように見えました。少し雨と風がおさまったかに見えたので、雨水に流されるようにして滑りながら道路に下りていました。時々ぱらぱらと土砂降りが続く雨の中、一人の男がその傘に気が付

こうもり傘
Aoi-17

いて手にとって広げました。突然の雨に急ぎ足でしたが、さほど濡れたことも気にかけていなかったようにも見えました。

「ちょうど良かったな。でも誰かのものかな」

そういってキョロキョロすると、赤い水玉の傘を差した人が近づいてきたので、男は傘の中を覗き込んで、

「この傘、誰のか知ってる」

そう聞くと、水玉模様の傘の下から、

「ううん、それ男物ね。誰のでしょうか」

と、首をすくめて相手に聞き返しました。

「そうか、じゃちょっと拝借して、ここらあたりに又戻しておこうかな」

と言いながらちょっとうろうろしていたけれど、その水玉模様の傘の人に何か話しかけていました。女も何か憂鬱そうな表情だったのが、傘の間の顔が何となく明るくなり二人は同じ方向に歩きだしました。それから二人はコーヒーの香りが漂うお店に入って行きました。午後のちょっと人通りが間遠な昼下がりでした。

真っ黒な大きな傘と赤い水玉模様の傘はふたつぬれたままぴったりとくっついて入り口に置かれました。黒い傘は、突然強風に飛ばされ、めちゃくちゃに壊れる恐怖から逃れ、見知らぬところで赤っぽい水玉の傘と一緒になってとても嬉しそうでした。

二人はしばらくしてから店を出て雨の中をひとつの建物に入って行きました。階段を二人は上って、女は鍵を開けるために脇の物置にまだ雨が滴る傘を置きました。鍵をガチャっといわせてドアを開けて中に入りました。男はやっぱり入口の脇にだらだらと水滴が垂れ落ちる濡れた大きな黒い傘を脇に置き、抱えてきた彼女の荷物らしい白いレジ袋の包みをちょっと中に入って床に置きました。そして「じゃあ、また」と挨拶をして階段をとんとん軽い足取りで下りてゆきました。二つの傘は外の置き場に並んで立てかけてありました。薄暗い入り口の門の隅っこで二本の傘は少し眠ったようでした。

何日かたったのでしょうか。すごく明るい日差しに目が覚めました。女の声で鼻歌のような歌声とバックから軽快な音楽が流れていました。窓際のベランダはさんさんと日が照っていました。女は二つの傘をベランダに出してぱっと広げました。まだ水しぶきが水玉傘から飛び散り黒い大きな傘からは雨水の水玉がしたたり落ちました。明るい暖かい日差しが射していて、どんどん乾いていくので二つの傘は気持ちよさそうでした。ベランダには、水気のない植木鉢がひとつ、ひょろっとした植物が生えていました。ベッドと小さな戸棚と本が何冊か見えました。

午後になると空模様が怪しくなってきました。女の人は部屋の中で忙しそうに動いています。間もなくして玄関のチャイムが鳴りました。女の人はいつの間にかお気に入りらしい水玉の洋服に着替えていました。

「今、大きな台風がやってくるというニュースが入ったよ。今は南の方に接近しているらしい」

そういいながら男は女に向かい合うと、

「君は、水玉模様が好きだから」

といって、女の手にプレゼントを渡しました。包みを開けると水玉の薄い空色のレインコートが入っていました。その時です。ばばりばりーという激しい音と何かがはがれるような音とともに、あのベランダに干してある黒い傘も、あの水玉模様の傘もくるくると巻き込む風の中に吸い込まれて、空に舞い上がってどこかに遥か彼方に飛ばされたようです。二人は慌てて干してあった傘の行方をベランダに出て探しました。ところがそんな中でも、黒い傘と水玉の傘は、柄と柄が絡み合ったまま遥かな彼方に運ばれたまま飛んだのです。

それから二本の傘が気が付いた時、辺りは砂漠のような赤い砂のわずかな盛りあがった所に二本刺さるように突っ立っていました。暑い日が続いたと思うと強い風が吹いたりしました。ある時一匹の鳥がきて傘の日陰に降り立ちて言いました。「こんなところにどうして君達は立っていられるの。つばさがなくてかわいそうに」そういうと、ちょっと羽を休めるとすぐに飛び立っていきました。暫くすると飛び立ったその鳥の所から何やら、双葉らしい植物の芽が出てきました。二本の傘は、何日もこの植物のために、木陰を作ったり、倒れないよう、枯れないように大切にしました。又、タマーにしか降らない雨水をできるだけ飲めるように、砂嵐に埋まらないよう見守りました。すくすくと伸びた双葉は四つ葉になりやがて木のような少し強そうな枝になってきました。

どのくらい歳月がたったのか二本の傘はわかりませんでしたが、でも黒い柄の長い傘は、色はくすんで傘の柄はぼろぼろになって今にも砂の中に埋まって倒れ込んでしまいそうになっていました。水玉の傘の方は、柄の所だけはしっかりと結んだようにからんでいても、水玉模様はほとんど消えて、一本折れてしまった骨が布に突き刺さり、傘として使えないように見えました。

ある晩、二本の傘は、西の方角からとてつもない黒雲がやってくるのを感じました。黒い大きな傘と小さな水玉の傘は、それを合図のように二本のからまっている柄をいっぱいに意識し、できるだけ大きく広げて、鳥がはばたくように準備しました。そうやってじっと耳を研ぎ澄ませて待ちました。そしてある日の午後すごい嵐が遠くから轟音と共にきて、一瞬にして辺り一面の赤い土を持ち上げて吹きあげ飛ばしました。その一瞬をとらえて、二本の傘はまるで待っていたように手を放すように互いの傘の柄と柄を離しました。二本の傘はばらばらになってそれぞれの違った遠い場所に落ちました。離れ離れになった二本のそれぞれの傘は、落ちた場所に満足そうに着地しました。通りがかりの人の声が聴こえてきました。

「こんなところに傘が放ってあるよ。置き忘れてあるのかな。ちょっと古くておんぼろだけど、有難い。この雨に濡れないで家まで帰れる」

そう聞こえたではありませんか。しっかりと傘の柄を握り、雨に濡れないように傘に身を寄せて歩いています。二本の傘が砂漠のような日々の中で最後に考えたこと。それは傘としての本来の役に立って朽ちたいということだったのでしょうか。傘は最後の力を振り絞るように傘の骨をしっかりありったけ広げました。

ある病院に、男の人がベッドに横になっていました。手足に包帯が巻いてあって、眼は暮れかかった夜空を眺めていました。そばにいる白と黒の水玉のセーターを着た女の人が男の額の汗を拭いてやったりしながら、肩や手に巻かれた包帯を心配そうに眺めていました。男は、満天の星を見ながら女に向かってこんなことをつぶやきました。

「あの黒い一本の傘、元に戻せなかったし、君の大好きな水玉の傘もなくしてしまったね」

二人はあとの言葉を口には出しませんでしたが同じことを考えていました。

「どこへ飛ばされていったんだろう」

女の人の心配そうな顔がすこしやわらみ、窓から見える夜空をさして、

「ほら、北斗七星のずっと西側の方に水玉の傘のような星があるわ」

もう一本近くにいる黒い傘の星は、黒いので見えなかったのでしょうか。二本の傘は、一組の男女を結びつけたあと、傘は傘としての最後の役目を全うしたかったのでしょうか。竜巻で飛ばされた二本の傘は、空から宙にまで飛ばされて、今は星屑になって回っているのかも知れませんね。

とっぴんぱらりの　ブーゥ

完

ミミズの唄

そこ、の土とミミズは、とても相性が良かった。そこ、は、いつかには沢山の雑木があって枯れたり切られたりして、今は、大きな柿の木が一本、まだ若いが高い背の栗の木、一番古い洞がある朴の木もあった。雑草もほどほどに伸び、いわば、きれいに手の行き届いていない庭と、近くにさらさら流れて田んぼにそそぐ堰の流れや畑のある場所だった。そこ、には、一人暮らしのおばあさんとタマーにやってくる孫娘がおって、花や草を育て、南側の隅にある場所には、小さい畑らしい耕した土が盛り上がっていた。

そこ、に住んでいる、いやこの地下の土の中に住むミミズ達の棲家でもあった。土から少し顔を出したのはミミズだった。顔と言ってもてっぺんは口になっている。

「よくねむったな。今年は大雪だった上に、いつまでも寒い日が続いて、それでも今日は晴れて、日差しがだいぶ強くなった」

そう言ってその土の中のミミズは、体を少しくねらせた。心地よいぬくもりとほどよく湿った雪の解け具合、もう少しすれば、その辺りの木々の根元が開きだすだろう。

雪が解けるだけ、地上の音がはっきり聞こえてくる。今日もそこの土の庭の主が、ズブズブと溶けかけた雪の上を歩く音がする。薪ストーブの灰汁を木の周りにまきに庭に出てきた。それに合わせるようにカラスの鳴き声とあのミミズにとって天敵の雀の鳴き声が聞こえてくる。この家の主は、野鳥に餌をやっているからだ。

「雪が積もるほどに、野菜のざっぱも埋もれてしまい、カキの実もナナカマドの実もなにもない。二月は人間も食うものが少なくなるからな」

そう呟いて、縁から降りるにもよたっとしたり、歩くに雪に足を取られて滑ったりしながら、二月の末のマイナス十度と日中の十度という二十度も差がある寒暖の庭を、毎朝歩き回っている。離れの倉庫の二十歳にもなる老猫の猫が待っているし、鳥まで が一日でも餌をまかないと催促に庭の親鳥が見張りに様子を見に来る。おまけの迷いヒヨドリ一羽もやってくる。それら皆に餌やりを済ませてから自分の朝食、ストーブで温めた牛乳を飲むのが日課らしい。ついこの間といっても一月「『七草ナズナ唐との鳥をたたいて捨てろ』とか大きな声で歌いながら、毎年のことだけれど、包丁のとんとん高い音を響かせて、七草がゆを作っていたと思ったら、もう腰丈まであった雪が膝辺りまで下がって溶けてきた。じき三月だものな」

土の中でミミズはわずかに体を動かして又うとうと眠った。ひゅうと素早く切るように横に飛び去るヒヨドリが、我が物顔にあちこちの木々に移り飛んで、そろそろ渡りの小さい鳥のシジュウカラなどを追い散らしている。

三月に入った途端、ある朝、この家の主は、ガラス戸を開けるなり大声で言った。

「ほう、案の定、赤い雪が降った」

「きてみれ。ニュースの天気予報で荒れた天気で突風が吹くからといっていたので、バケツや薪の空箱から雪囲いの板を縛り付けておいてえがった。夕べ吹いたものな。ちょっと飛ばされてるものがねぇか見て回ってくるか」

「おばあちゃん、朝ごはん食べてからにしたら」

そんな会話が聞こえた。ミミズはぼんやりと、列島の北西の上空に大きな低気圧があって南の高気圧に向かい、大きな風がオセアニアの大陸を巻き込んで日本海をさっと一足にくぐりど真ん中の奥羽山脈にぶつかり、そのふもとのこの庭に住む大地に黄砂を運んで春をもたらすことを知っている。この辺りの人は「まだあきゃ雪が降らねか」っと朝に戸を開けて、待ち人のように待つ黄砂。真っ白い雪の上に、点々とした小さな砂の赤い粒、を運んでくる春の風。

高い透き通るような声が聞こえた。

「ばば。これ茶色の砂で黄砂っていうけど、世界には大地を色で描く時、土を赤く塗る国や、砂漠は白、ツンドラと言って一年中こおっているままの土しかないところってあるんだって」

「ほぉー。そんな土があるもんだか。土は茶色に色を塗ったから、茶色だとばっかり思ってたども、この辺りじゃ茶色っこい色のえんこは赤えんこ（犬）って言うな。花ちゃんは絵描く時土は何色に塗るのかな」

「私は黒」

「んだよね。ここは黒い。いい土だよ。春の土は、ねっとりとして、たいたモチ米のようにモッタリ湿気がある。少し暖かくなるとほろほろサクサクして、うまそうな土になってくる」

「幼稚園の頃は、茶色を塗ったけど、ここのババの所の土は、真っ黒。この間の夏、掘ったら、こんな太いミミズが出てきた。掘っても掘っても黒かった」

「んだよね。土は黒ばっかりだと思ったら、そうか。そこの大徳の山の土は粘土質なのに白いし、玉川の岸のあたりのも砂地だから、白いなぁ。昔は登り窯があって飯茶碗や湯飲みやいて窯があったが」

「ほーっ世界には、物が育たない土地や根菜が植えられない土地がたくさんあるのか。ジャガイモもや長芋、里芋、大根なんか根菜植えられないのか。そりゃ困った土だなぁ」

　ミミズは、おばあさんと孫の会話を聞きながら、いつも大地の上の情報を聞いている。光や振動そして風はミミズの感覚で大切だ。

この間は、このしゃべらない相性のいい大地が、大きな声を出した。震度四。ががぁーぎぎぎゅーぐらぐらっときた。「はやくもっともぐれ」とバタバタ身をよじって仲間に知らせたが、この大地の欠伸なのか人間へのたまーに送る警告なのか、大地が揺れるなどということになると、たまったものではない。花ちゃんという女の子は、とても怖がりで、この間もすぐ身体を硬くして、怖いと言って泣きだす始末。色々この頃の大地は忙しい。地震に津波に土砂崩れに洪水に疫病に。もう少し寝ていたいが、そうもいかないようだな。この暖かさだとそろそろ渡り鳥の入れ替わりの季節か、白鳥の鳴き声が頻繁になったし、スズメの鳴き声だけでなく、南からくるいろんな小鳥の鳴き声も聞こえだした。人間社会も四月になると途端に外仕事が忙しくなるらしい。

「賑わしいわくわくの春の訪れだ。わたしのあこがれの蜘蛛はまだだろうなぁ」

そういってミミズは、何千メートルも高い上空を飛んでくる蜘蛛の到来を待っていた。鳥のように小さな羽で踏ん張らなくとも、遠い国から風に乗ってこんな小さな庭にも降り立つ。土の中の小さなトンネルの穴から、広い空を覗き見し、土の中で生きるミミズは時々外にあこがれた。

「聞いてみたいな。蜘蛛さんに。西の方には大きな大きな大陸があって、そう名前も知っているよ。チベット高原や高いアルタイ山脈を越えて、黄砂と一緒に一夜か数日で遠い遠い高ーい空の旅をする話を聞きたい」

　そんな夢を短い春がすぐ通りすぎるように感じるミミズだが、例の天敵スズメ達が、まだ若いナナカマドの葉っぱの陰に隠れて、木の中や上で集まり、言い放題のおしゃべりが聴こえた。時たまやってくるヒヨドリにいじめられるから怖いので少しばかりおとなしい。だがエサが豊富になって、早くも卵を生む季節が近くなってきた親スズメとは別に、若いスズメ達が、わずかに土の中の動きを見つけようと鋭く見下ろしていた。

「早く出てこい。出てこい。出てこないとこのくちばしのとがったドリルで、穴を掘っていくぞ」

　別の地面をぴょんぴょん跳んできたもっと若いスズメも、

「やぁい、眼も耳もない、裸んぼうの、のっぺりや、悔しかったら暗い土の中から出てきて飛んでみろ」

「悔しかったら穴からでてきて。とんでみせろ、とんでみせろ」

と、一斉にからかった。恐ろしい敵にミミズは尻込みをして土深く潜った。まだ体の細い小さいミミズは、じっと暗い穴の中で、庭で孫娘に語っている昔話を想い返しつぶやいた。

「むかしあったズオン。それはそれは大昔のこと。ミミズと蛇とがおった。ミミズにはその時目があったが蛇にはなかった。ある時ミミズと蛇が出会った。蛇はミミズにお前の目と俺の声を交換しようともちかけた。その頃、蛇は歌が上手だったからだ。ミミズはこの話にのって交換したそうだ。そこでミミズは目がない代わりに、夜、しっとりと雨が降った後の心地よい棲家と、たくさんの栄養を含んだ旨い周りの土を、争ったり探したり、蓄えたりすることもなく、一日一日充分食べて、満足して自分に聞こえるだけの小さな声で歌を唄う」とおばあさんは孫娘に語っていた。

ミミズはスズメらに言ってやりたい。

「耳も眼もないし、裸の俺達だが、たっぷり食べるこの大きな先端の口と、この黒い豊饒な土という棲家をつくり、空気の流れを裸だからこそ感じ、寒暖の時も、トンネルの中を自由に移動し、振動で音を聴き、風や光の強さで外観を察知できる」

おばあさんは、孫の女の子にこうも話していた。

「しっとりとした夜に、裏の庭の土に耳を近づけて耳を澄ませて聞いてごらん。ミミズのささやかな歌がきっと聞こえてくるよ」

ある春の曇って雨がしっとりと降っている晩のこと。女の子はミミズの歌を聴いた。

眼の形がないと　目がないと思われる
物が見えないと思われる
口の形がないと

口を持たないイキモノだと思われる
物が食べれず話もできないイキモノだとおもわれる
耳はどうだ
耳の形がないと耳なしで音が聞こえないと思われる
とんでもない間違いだ
われらは目の形がなくとも
光の強さや長さで
それから木の葉の擦れる音や実の匂い
それから遠くで近くで吹く風の動きで
冬が近いことや春の気配を知る
口などは一番体の中で大きい
とてつもないすり鉢のような消化機能を持つ
耳だって　このぬめぬめした裸の皮膚が
振動する波を素早くキャッチできる
人間も鳥たちも
眼鼻口耳を持たないイキモノを
自分より見下して劣っているという

古代の遺跡を守り、あらゆる植物を育てる土壌をつくってきた
太古の時代に蛇と交換した声もあるぞ
我らミミズ達は夜歌を唄う
我らには聞こえるのだ
しっとりとした土の穴の中で
我らが日々沢山耕した腐葉土の豊かな黒い土の中で
わずかな風とほのぼのした灯りやイネや草木の匂いを全身で感じて
土の湿った心地よい露の温かさを感じながら
だれにも聞こえない　でも　仲間や月には聞こえる声で
幸せいっぱいの歌を歌う

うぉっふるる　うぉっふるる
さぁーらる　さぁーらる
おっふるるる　おっふるるる　ほっーつぁ
この大地　命の麗しき大地
うぉっふるる　うぉっふるる　ほっーつぁ

この大地　限りある大地
おっふるるる　おっふるるるる　ほっーつぁ
ぐっすりとお休み　幼子達
明日に　しっかり目覚めるように

水田にはたっぷり水が入り、鏡のように天山を映して広がる夜、つくしの丈ほどの小さな稲がわずかに水から頭を出して穂先を天に向けて立つ。一斉にカエルも歌いだす。命あるものすべてのシンフォニーを聴け

とっぴんぱらりの　ブーゥ

完

姉タヌキ

あるそれはそれは蒸し暑い夏の午後。ポン沢の川べりで、その辺りのタヌキの子供達が水泳ぎをしていた。元気な声が響く沢目に突然「キョーン」という叫び声が辺りに響いた。何事かと山中がシーンとなった。沢目の崖に近い淵の河原で姉タヌキがじっと立ちすくみ、その少し脇に、一匹の子タヌキが石のように転がって、もう一匹の姉タヌキより背丈の高いタヌキがじっと足元を見つめて立ちすくんでいた。遠くにいた大人のタヌキ達も集まってきて、全く動かない倒れている子タヌキを岸辺の草むらに抱いていった。姉タヌキはそこに立ったまま心の中でずっと叫んでいた。「お前が弟の足を引っ張ったから」「お前が弟の足を引っ張ったから」と同じことを繰り返し声には出さずにいっていた。夕べになって家に帰ってきた母タヌキは、この出来事を聞いて、近くの岩場に座って、西の空に金星の星が光り輝く方向に向かって「キエェーンキエエーン」といつまでも泣き続けた。姉タヌキは、少し時がたっても母に心の中のあいつのことを話すことができなかった。川べりの出来事は、淵で溺れたことで、あたりは鎮まりみんな無言の日が続き、母の泣き声もいつまでも続いた。姉タヌキはあいつへの憎しみと、何もできなかった後悔とでとても苦しかった。川べりの沢目は死んだように暗く冷たい場所に変わってしまった。時がたつにつれ、姉タヌキは、自分も沢目の重く暗い雰囲気も何もかもたまらなくなって、気持ちが薄れるどころか、恨みと復讐と後悔に食べることも寝ることもできなくなるほどになった。

山間に見える山桜の葉がまず一番に赤みを帯びてきた。姉タヌキは自然のわずかに移り行く山河を眺めて季節が動いてこのまま冬になる不安におののいた。ふと母のことが浮かんだ。母タヌキは宵の明星が出る時刻になると悲しみのキューンを空に向けて続けていた。けれど、姉タヌキは自分と母とは違うことに気が付いた。あいつのことをずっと憎み続けている自分と、母は小さい子ども達のために、前と同じように昼も夜も餌をとるために出かけ、まだ幼い子達の面倒をみ、夕刻の一時だけ、悲しみに泣くのだということに気が付いた。自分ももし、憎まずにいれたら、どれだけ楽になれるだろう。川べりに立つ内にそんなことを少し思ったりした。ある時、あの出来事の川辺にいってみた。だあれもいない川面の先に、あいつが肩を落としてぼっつり立っているのが見えた。弟に喧嘩を吹っ掛けていたあいつ。突然フラッシュバックに襲われた。あの水辺でのあいつと弟の水中の姿が浮かんだ。でも、それは一瞬だった。あれから時がたって彼方のあいつは、ひっそりとしょぼんとして小さくなって見えた。あいつも苦しいのだろうか。そんな心の変化が起きた。確かに、時折冷ややかな風を感じるほど、時がたっていた。そのあと季節が進んで冬が近づく気配とともに、懸命に立ち働く母を見て、とうとう姉タヌキは、皆が明るくエサ取りや水遊びをした沢に戻したいと意外なことを思い始めた。とにかく恨んだり、憎んだりして日々を送ることが嫌で嫌でたまらなくなったのだ。

ある朝、いつものように山の端から日が昇り明るい日差しが木々の間から輝いているのを見て、唐突に空を飛ぶかの如くあの沢に向かって走った。川べりの大きな切り株の元に行きつくと、辺りから、葛のまだ青い蔦をとってきて、ぐるぐると丸い株の周りに巻き付けた。次に少し山間に入りアケビの実を胸に抱きかかえて、丸い葛の蔦の円の中の外側へ、ひまわりの花弁のように置いて、すぐにまた山に入り、高い位置に真っ赤に色づいているナナカマドの実をぶつぶつもぎ取って戻り、真ん中の部分にその実を散らした。又熟れたサルなしの実を見つけ集めて戻ってみると、どうだろう。どんぐりの実が真ん中に散らしてあったり、柔らかな葉に花が添えてあったり、又戻ると小ぶりのさなづらブドウの実がのっかっていた。デコレーションケーキのように切り株の上は、赤や黄色、紫の実で彩られ飾られていった。最初の一つの切り株がいっぱいになると、いつの間にか他の生き物、キツネや山ウサギに鳥達までにぎやかにさえずり、川べりから山間、そして沢の隅の淵まで日が差して、明るくしかも陽気な声や歌、そして合奏する音楽まで聞こえてくるようだった。切り株に載りきれないのは、河原の石の上にまで、蔦を巻き付けて、どんどん秋の収穫物がのっかっていった。幼い子らは、よだれを垂らして、その前にお座りをして待った。姉タヌキが改めて見回すと、いつの間にか、あの体の大きな、あいつが、仲間の一人と一緒にやってきて、体をちっさく縮めて口もごりながら、

「オ・レ・ふざけっこしたかった」

そういって、ぺこりと頭を下げた。姉タヌキは、ぐっと胸を詰まらせ言葉を飲み込み、それから周り一帯に聞こえる声を張り上げて、

「うん、皆でこのデコレーションを頂こう」

と言った。辺りの大人も子供も一斉に「わーい」と歓声を上げた。空を見上げると、今まで聞こえなかった、アカゲラのツンツン　ツツツ　コツコツ又、リスのクルミを割るコツコツコーン、空からルーンルーン　ルリルリ　ジィジィジーとメロディが聞こえてきた。上の方から母タヌキが幼い子らを連れて仲間と急いでやってきた、急にぐっとお腹が鳴ったので大好きなアケビの口の開いた白い実をとり、半分にして子ダヌキに分けてかぶりついた。甘みを噛みしめながら、自分一人が変わっただけで、この沢目がこんなに明るくなるなんて思いもしなかった。頭の中には、弟と一緒に山に大好きなサルなしの実を探しに行った時や、春の小さな花摘みなど土の上で転げまわったこと、人間が耕す畑に冒険に行ったことなど楽しい思い出がよぎった。「憎し

みよさようなら」と姉タヌキはつぶやいた。

完

てるてる坊主

一　返品

町のはずれの少し奥羽山脈沿いの麓に、杉板とトタン屋根の家があった。三月の末だというのに、北側の陰にはまだ固い雪が残っていて、屋根の煙突からは煙がたなびいて、裏の栗の木と西側の柿木の方に煙がまとわりつくように流れている。家の周りには、残雪の中にあちこち野菜畑の目印の木の棒が見え、ぐるりと回って影の方には、薪が脇に積まれて、少し傾がった小屋が立っている。その家に向かって、長靴をはいた少年は、急いでいるせいか絡まったり滑ったりしながら残雪の上を蹴散らして走った。

「あんちゃ」

綿入れの赤い半天の間から抱いていた猫のタマが飛び降りて、細い道を待ちきれないように転げるように妹の喜子がむかえに出てきた。

「まったくあんちゃっこだね喜子は」

手を引くように少しよたくたしながら出てきたばあちゃんは続けた。

「洋介あにっちゃが帰ってきて助かったな。だましだましして又ばっちゃの仕事の手間とられてしまった」

駆け込んできた洋介少年は、手に持ったすっかり冷えた今しがた貰った惣菜の白いレジ袋をばっちゃに手渡した。さっき寄った草薙おばあさんからもらった時の鰹節の匂いはすっかり冷めてしないが、ばっちゃは有難そうに頭の上にささげるようにして、いつものように兄の洋介に喜子を預けたかのようにして、すぐに母屋の東側の居間の方のガラス戸をあけ中に入った。洋介は、自転車の雪をほろってから、自分の寝間に脇の一本の茶筒の包みを、積み上げてある布団の奥に一瞬迷ったようにしてから、そっと突っ込むと一息してから、作業所兼居間になっている板戸をあけた。

少しほこりっぽい板の間で窓側に灯りを採りながら、丸い背中を見せてのめり込むようにじっちゃが、さっきと同じ様子で作業をしていた。部屋の中には電熱器の上に掛けた膠《にかわ》の匂いが漂って、ストーブの上にはやかんから湯気が出て、東に面した窓は白くくもっていた。ぐるりと見回してから、窓際の棚の上に、いつもなら封筒に入ったさっきじっちゃから預かった問屋に納品した伝票を差し挟むけれど、それをせずに急いで台所からまわって薪を運ぶために裏に回った。小屋の中の土間にまで薄く雪が舞い込んでいて、入り口には板戸が凍り付いてあけづらい。ようやくあけて木の長い丸太で氷をおとし、屋根から落ちかかっている氷も叩き落とした。落としながら、問屋に持って行って返品された一本の茶筒のことがよぎっていた。

月の二十日には、じっちゃの作った茶筒を問屋に納めに行くのは学校から帰ってからの洋介の仕事だった。問屋の裏口から入っていつものように、

「これ、お願いします」

と入り口にいる女の人に差し出した。女は「あっ、だれ」というと差し出した風呂敷包みの中の段ボールをうけとって、そのまま何も言わず奥に入った。戸を閉めてから黙って立って待ったが、今日は長く待たされるようだ。いつも受け取ってくれる少し年取った化粧の濃い女の人が出てこない。中のガラス越しに、

「そっちの箱入れ五十、早く持ってきて。出荷、ほらそっち発送に間に合わない」

といつもの女の人の声が聞こえる。洋介は、そのまま棒のように突っ立ったまま待つしかなかった。暫く又待たされたあと、別の男の人が出てくると、「これ返品」とぼそっといって、一本の茶筒を、入れてきた箱の段ボールにいれて床に置きながら、

「あっこれこれ伝票」といって、無造作に箱に投げ入れた。

洋介は大通りを避け、裏通りを抜けて返された一本の茶筒を小脇に抱えて逃げるような気持ちで走った。とはいえ自転車は、所々残った雪の氷や、ざくざくと解けかかったすべる道にタイヤを取られて、両足をペダルから離して支えながらこいだ。顔が真っ赤になっているのは、三月の寒さのせいもあったが、それ以上に屈辱感でいっぱいだった。少し日が長くなったと感じる道を家に帰る道ではない、同じ高校の同期

生で知り合った夏音の家の方に向いていた。草薙の家は、同期生とは知らずに、ばっちゃが行き来していた家だった。野菜をリヤカーに積んで時々町に売りに行った頃からの古い知り合いだった。たまたま野菜を届けに行った時に、この家の息子とばったり顔を合わせたことから、同期生とわかったくらいのもので、洋介はあまり顔を合わせることがなかった。むしろ、この家のお母さんとそのおばあさんと顔なじみだった。だから今日も、同じ年の夏音より、その家のおばあさんに会っていきたくなった。たった一本の茶筒を風呂敷の上から何回もさわってみた。簡単にこともなげに「はい、返品」と突き返された。この茶筒についていた一センチほどの小さい傷は、確かに自分がうっかり靴を履く時落としてつけたものに違いない。この一本の茶筒を制作するのに、どれほどの時間と手間をかけただろう。じっちゃが問屋から買ってもらえるような製品が作れるようになったのは、つい最近なのだ。七十近い年寄が、桜の皮を張り付けて一本の茶筒をこしらえる手内職。返品をされない腕になった努力を、家族みんながなによりも誇りに思っていた。それに、茶筒に貼る山ザクラの皮はなかなか手に入らなかったりする。その貼るヤマザクラの原皮をはぎに洋介も一度真夏の山に入ったこともあった。この一本の茶筒の返品は、ふとした自分の不注意で落としてわずかな傷をつけてしまった。じっちゃんの腕のせいではない。月末の支払いから一本分を差し引かれて支払われる。どうする。なんと言い訳する。すぐ近くを学童保育を終え、黒ずんだ硬い雪玉を投げながら歓声を上げて帰る子供の声が聞こえた。会いたいおばあさんのいる夏音の家の前に来ていた。気が付いたら激しいピアノの音が外の道路まで聴こえてきた。「同期の息子が弾いているのか」と気が付くと、急に何故か又気持ちが変わって、すぐに家に帰ろうと踵を返した時、庭の方から戸のあく音がして、眉毛が薄いせいか大きな笑っている目元と薄紅塗った口元の、いつも洋介にばっちゃが元気かときく、おばあさんが出てきて手招きをしていた。

「今日は野菜持ってこなかった」

すぐにそう大声で答えてうろたえた男の子に、

「うんうん、ちょっと待て」

そういって待っていたかのように、どっこいしょと足早に家に入り、すぐに出てきて

「入れ物はすぐ戻さなくてええ。そうそう又今度来る時、あの柿付のホウリョウ大根と山菜の塩漬けまだ残ってたら届けてね」

そういって、白いレジ袋を提げてきた。間が悪そうに片足をペダルに掛けたままの洋介の所まで来て、鰹節のにおいがして温かい包みを自転車のかごに入れた。頭を下げてそのまま自転車で向かい風を切るように思い切りペダルをゆっくりと踏んで、大通りを通りぬけて家に急いだ。さっきより、気持ちが落ち着いて、雪道をよけながら、

ゆっくりとペダルをこいだ。

　問屋から返品されたことばかり考えていて、胴乱コのようにそばにくっついてきた喜子のことに気が付かず、ひさしから落ちかかっている大きな氷を叩き割った。

「いてっ」

「おっなんだ。よっここんなとこに、俺にくっついて歩くな。あぶねぇな。氷飛んだか」

　いつもの兄よりきつい言い方だったか、丸い目がじっと歪んだ。

「わかったわかった、ばっちゃのとこ行ってきいてきてけれ。米研いであっかって」

　口をとがらして手をこすりながら、うぅんうぅんとほっぺたを膨らませてゆっくり作業場の方へ行った。小学校に入って三年頃から洋介が中学に入ってからも、送って行ったけれど、とうとう行きたがらないようになっていた。校門の前から入ろうとせず洋介は手こずってとうとう高校へ遅刻することになってしまうようになった。さすがにこんな風になった時は、あまり思い出すことのない腹違いの喜子の母のことを重い気持ちで思いだしていた。

　三月の終わりまであと数日だ。この頃は、皆一つ部屋の居間兼作業場で寝ている。洋介だけが台所脇の三畳ほどの部屋に寝ていた。

　やっぱり眼の前の小屋の中には、太い薪はなく、丸い枝の薪がわずかに隅にあるだけだった。『せめて今度の明後日の休みまで暖かい日があればいいが、天気予報はどうか。最低気温と晴れかどうかニュースみてきめっかな。冷えるようなら明日裏山か東山に行って杉の枝雑木の落ちたの、あと河原も寄ってみて集めてこよう。明日学校ぼつにすっかな』、っと洋介は一人で段ボールに薪をかき集めながら決めた。

パタンバタンと今度は大きな足音をさせて、ばっちゃの所から戻ってきた妹喜子は

「ばっちゃ米はさっきといだばかりだからだって」

今度は機嫌よく、ほっぺたを赤くさせて言った。

「忘れるといけねぇからよっこ、すぐスイッチいれといてけれ。できるか」

「うふん。わからねぇ」

「このあいだもおしえたべ」

薪を段ボールに太いのと小枝と、まだよく乾いてないのも入れながら、妹の台所の方に「やってみれ」と更に大声でいって、濡れてしまりの悪い板戸をがたがたさせて閉め薪を運んだ。夕刻になると北側の土間はあっという間に寒さが体中に引っ付いてくるようだ。ようやくその日も八時近く四人は食卓に座った。じっちゃは、ほどほどにして、月の茶筒の納品のため、「よっしゃ」とゆっくりたちあがると又作業場に座った。洋介は、納品した夜は、晩酌をするのに、今晩はそれもせず、作業場に入ったのは、多分暖かくなる四月からは、納品の数が問屋に多く納めなければならないか

らだろうとこの頃は推測できた。喜子が目をこすりながらぐずり始めたので、ばっちゃは少し厳しい顔をして。

「あしたは学校さいかねばダメだぞ」

と言ったが、身体を猫のようにくねらせてばっちゃの膝元に体をこすりつけ答えない。洋介はまだ問屋からの返品の茶筒の件を迷っていた。玄関わきの三畳ほどの自分の寝床にどうしても取りに行く気がしない。つったったままの洋介に、喜子が突然起き上がって真顔になって言った。

「あんつぁ、春になると男鹿半島に遠足がある。その日晴れるといいなぁ。八郎太郎の棲家やなまはげの鬼の神社さもいくと」

「うんうん」

と生返事をかえすと、

「前の時みてく、てるてる坊主つくってけれ」

「今は天気予報が毎日テレビでやってて、しっかり当たっているから大丈夫だ」

ばっちゃが脇から続けた。

「今の天気予報は昔と違ってよくあたる」

「ううーんダメ。あんちゃんのてるてる坊主がいい」

「だだこねて。このわるがき。さぁ寝るんだ」

「テレビの天気予報なんかあたらないよ。だって大震災が起きて大津波が来るなんてだれも予報しなかったし、先達の土砂崩れだって」

「そんなこと一生懸命仕事している人に失礼だろ」

洋介は、喜子やばっちゃとは違うあの夏音のお母さんが言ったことを思い出した。

「人間の予測とか想定なんてあきれるよ。人間というよりその時の国家とか政治家とかとでもいうか。埋め立て前の八郎潟は何万もの渡り鳥が来てたし、四メートルといわれる湿地帯にはどれほどの魚貝虫が棲んで周辺の人も恩恵を受けていたものか。人間だけの食や電気のためとかで国や行政は自然を破壊して埋め立ててしまった。辰子の浦も日本一の深い湖が、電力と稲作のためのダムにするという発想から強酸性の毒水を流し込んで、ここにしかいない木の尻マスを絶滅させた。今になって、今度は元の水にと何十年かかるかわからない中和剤を導入して金をかけている。愚かなことを人間はするものだ」

洋介は、こんなにあからさまに大人が馬鹿だとか馬鹿げたとか、国家や政治家までひきだしてハッキリものをいう人に出会わなかった。それでも、何かもやもやしていた不快感が、夏音の家の人の言葉で払しょくされたような気がした。

「わかった。つくってける。こんなデカイてるてる坊主をな」

そのいつもより高い兄の声に喜子は「きゃっは」と頓狂に声を上げ、ばっちゃに再

びもたれかかって、すぐに、

「ばっちゃむがし語りね」

っと催促をして機嫌よくそばに寝転んだ。つと、その脇に丸くなって寝ていた猫のタマに気が付くと、すっと両手を伸ばして抱き寄せた。それが喜子にとって、寝間の整った合図であるかのように、安心しきったようにまぶたを閉じた。その大きな黒い瞳を閉じると、透き通るようなまぶたに、細い月のような眉毛が描いたようにとのって、少し出たおでこに真っ黒な長い髪がかかっているのをなでるように整えながら、ばっちゃは、

「いつまでもおぼこでこまった、困った」

とあやすようにつぶやきながら、脇からカイマキを手繰り寄せ、自分の身丈より大きくなった孫に掛けながら、

「むかしあったズオン。湖の近くにそれはそれはめんこい娘喜子のようなオナゴわらしがおったと。年頃になると色が透き通るような白くぽっちゃりとしたもち肌で、眼は黒く大きなきらきら光る人を引き付ける娘に成長した。その上とてもよく働く優しい娘だった。ところが娘はある時、人としてかなわぬ望みを持った。それは若いまま年を取らないでずっと生きていたいという願いを抱き、大明神に願掛けをした」

「春が来て、山々が燃えるような緑が芽吹き始める頃。その願いのひゃっかん日が近

づいてきた。なんぼか若いまんまでいたかったんだか、冬の険しい雪と氷の日参をしてマンガン日が近づいたある日、若い部落のもん達と春の山に入った。まだ葉のない木々の間からは、日差しが差し込み、沢目の近くにはこごみがしっかりと赤子のこぶしのようにたくさん固まっておい、山の斜面の南側には笹竹の箸の先ほどの、とがった先っちょをだしていた。暖かい日差しが、裸の木々から隙間なく山の隅々まで届いて、寒い雪と氷の白い閉ざされた世界から解き放たれたようで、嬉しかったべな。

願掛けをして、皆と違う願を抱いていた辰子は、ひとり皆から離れて奥深く、見えない何かに惹かれるように山に入っていった。水が山間からトクトクと流れがよどむ所へ来たら、のどが渇いて仕方ねぇぐなった。腹もすいた。疲れたようにその水を飲み続けるうちに、魚も泳いでいるので何もかも忘れてひとりでむしゃぶり食った。すると予想もつかない恐ろしいことが起きた。体にどんどんとうろこのようなものが生え、うねうねと長く太い人間でない大蛇のような姿に変わっていった」

「どうして？」

突然喜子が聞いた。

「どうして体がとんでもねぇ獣にかわっていったかって。そこがわかれねぇな、喜子には」

喜子の頭をなでながら、ばっちゃは、しょぼしょぼした眼を夜なべをする爺さんの

方にやってからちょこっと間をおいてから
「人も獣も、この桜の木の皮も、皆死ぬことからは逃れられない。まして若いまま年を取りたくないなどということは叶えることはできねぇ。それにもう一つ喰いものは、皆で分け合うという掟も伝えてるんだども、今の世の中違ってしまったな」

そう改めて言ってから、繕い物の手を止めて、内職の手を止めずに動かしている爺様の丸いこごまった方に半分話しかけるようにして、

「若いままとはいわねぇ、年は取っても仕方ねぇえが、せめて、あっちもこっちも悪くなっている身体こそ、治してやりていもんだ」

爺様が、いつまでこうやって仕事ができるものやらわからない、先の見えない病を心の中で思った。

「人はみんな死ぬのか。…ソレデなぁばっちゃ、どうした、どうなった。早く次話してけれ」

喜子が半分眠りかけながら又催促した。

ばっちゃは、突然目を見開くと、憤然として、何かに立ち向かうかのごとく声を少し張り上げて一息に話し出した。

「うんだな。どんどん水を飲んで体にうろこが生えてでででーんと体が大きくなった時にざざどどーんとでっかい音が轟いて、そのあたりに大きな山津波が襲ったよう

なことでおおきな湖が広がっておった。さて、一緒に出かけた者達も辰子が戻ってこないので大騒ぎになり、家で帰りを待っていた辰子の母は毎日湖のほとりを探し回った。暗くなった夜も松明の灯りを手にして沢目や湖のほとりを探し回ったそうだ。

「たつこ、たつこ、けえってこぉ。家さけえってこぉー待ってるぞー」

又次の日も夜更けまで探し続けたと。

ある晩下、又松明を灯して今晩こそはと出かけた。

「腹へったろー。ままくってるかぁ。寒いべなぁ」

次から次へと思いが込み上げて声を限りに叫んだ時、何やら湖の底から盛り上がるように立ち上がった中に、ぼんやりと辰子の姿があらわれて、母にむかって別れを告げているようなしぐさをした。母は、持っていた松明の薪を思い切り届くように湖面に向かって腕がちぎれんばかりにして投げた。すると黒い湖の水に、落ちた松明の赤い灯が、まるで花火のようにパッと散った。するとアヤアヤッ、不思議なことにその火花のように散った火の粉が一匹一匹魚に姿を変えて散って泳いで去ったそうな。そこに棲みついたこの魚の名前を木の尻マスと呼んだだ。世界中でここにしかいない頭が燃えカスのように黒い魚のマスとなっておったのだがなぁ」

じっちゃのト草で桜の皮の表面を削るジョリジョリという内職仕事の音が聞こえる。ぐんと気温が下がってきて、薪がとぼとぼとして、部屋の中はわずかな暖かさになってしまっていた。ストーブの戸を開けて細い薪を差し込むと、ぼーっと火が立ち上がってそれだけでもぬくみが違った。ふとばっちゃは曲がった腰のまま、窓の所へ行って、ガラスのしずくを手で縦に拭い落とすと、腰を伸ばして外をのぞき見た。真っ黒い四角い窓に縦のしずくが落ちた所から、中の明かりがうつるが同時に外の様子も中の灯りで見えた。

「おやっー春だっていうのに、凄い降り方だぞ。又朝から雪かきせにゃー」

そういってストーブの脇に戻ってどっこいと言って座り、

「明日は辰子が八郎太郎の嫁っこになる話っこするかな」

と少しまどろんでいる喜子をちらっと見ながら声を落として、

「母の投げた松明の木の尻マスも、戦前の食料不足の時、そして戦後の電力不足で玉川の毒水を入れて殺してしまった。この小さな、だども日本一深い湖の周りに、辺りの部落の人を追い出して、ダムをなんと十余りもこしらえてえてしまった。その上、八郎潟から通ってきた八郎太郎も、渡り鳥や潟に住む生き物を埋め立ててコメ増産の農地に変えで、大きな棲家の潟を殆どつぶされてしまった。八郎と辰子の二人の棲家は今はねぇくなってしまったも同じだべな。魚のクニマスは、なにやら西の方の湖で生きつないだと聞いたが」

「昔話もちっともおもしろくねぇ古い話になってしまった」

と後の方はぼそっとぼやきながら、孫の頭をなでて、少し声を大きくして、

「あやきゅうきゅうにしきさらさらとっぴんぱらりのプゥゥ」

ぷうぷうといいながら、ばっちゃは喜子のほほ紅をつけたようなほっぺたに、こけた皺だらけの顔を近づけながら更に「めんけぇめんけぇなぁ」と歯が欠けた、皺だらけの黒い口元を近づけた。半分目を閉じかけていた喜子はくぅくぅと笑いながら満足したのかコトッと眠った。

「ほれ、じっちゃ。今年も駐在所便りが入ってる。山菜採りのシーズンに入ったんだ。一人で山へへぇるな。家族に行先告げて、早めに山下りるようにだと。もし迷ったらむやみに歩き回らねぇで、赤い色より白い色が目立つんだと書いてある。

それに夕方の役場から放送のお知らせで、上の二つの部落で熊の人身事故が発生したので、不要な外出は控えるようにだと」

「ふん」と言ったきり、横を向いて樺の皮を積み上げてある場所に座り込んでいた。

今年どのくらい皮が剥いでこれるか。又、問屋からなくなる前にどれだけ世話にならなければならないか計っていた。桜の皮は乾燥していないと使えない。普通は三年ぐらい乾燥させるために寝かせなければならないので、古い皮の乾燥具合を見て、今使える皮を、眼鏡をかけなおして選び始めた。

去年の夏に、洋介はじっちゃと一緒に初めて細工のためのヤマザクラの皮を剝ぎに

ついて行った。そのヤマザクラの木までたどり着くのに洋介は何度もじっちゃを見失うところだった。真夏の沢目に入ると、湿度が高くて猛烈な蒸し暑さで体から汗が噴き出した。じっちゃは手ぬぐいをしっかりと頭に巻き、ロープやら紐、なた、小刀などつめて肩に担いで歩いた。人の丈ほどになった笹竹やいばらをかきわけ、岩場のごつごつした所や、段差のある崖、そして沢に近い川筋などを渡り歩いた。桜の木を探すというより、目的地にまっすぐ向かっているように奥に入り、洋介は後をついていくのがやっとだった。そしてふとその距離が離れてじっちゃの姿を見失うようになったりすると、ふとこのままここに一人取り残されるような不安が突然襲ってきた。ぐるりと辺りを見渡すと片方には杉の林があって、昼でも木の下は薄暗い夜のように見え、一方には高くうっそうと伸びた木々が、突然、光を遮り、空も先も見えなくさえぎって彼をここに閉じ込め帰すまいと覆いかぶさってくるような圧迫感を感じた。はぐれたとかひとりぼっちという感覚にとらわれるとその瞬間、暑いとか足が痛いとか一切忘れて、死神に取りつかれたような気持ちに襲われた。こんな山の中で帰る道を見失っている一時の恐怖は、大きくなってからも夢に見ることがあった。「じっちゃ」たまらなくなって叫ぶと、じき近くで、「おうっ」という太い返事が返ってきた。じっちゃをこの時ほど頼もしく頼りに思ったことはない。なぜじっちゃはこんな深い山の中に入って方向がわかるのだろう。もしかしたら鳥のような方向感覚を持っているのだろうか。それからは、前を歩くじっちゃの足元をしっかりと見て、わずかでも離れないようにひたすら歩き続けた。最初の桜の木にたどり着いたのは、山に入ってどのくらい歩いたかわからないが、朝四時頃発って三時間以上いやじっちゃ一人ならもっと早く着いたのかもしれない。皮を剝げる山ザクラの木にたどり着くと、へなへなと洋介は座り込んだ。汗が背中からだくだくと流れ、足がつるように硬くなって、更に今度は汗が冷えて寒いくらいになった。ぼんやりとしてじっちゃの方を見た。そこで初めて今の作業場で見るような桜の皮のその大木が目の前にそそりたっているのに気が付いた。

じっちゃは、額の手拭いをパッと払うようにして、再びその手拭いをぎちっと頭に巻いて縛った。幹回り四、五十センチぐらいの多分四十年ぐらいのヤマザクラの太い根元で、ロープで木の丸い枝を二本くくって、それを足場に木に登り始めていた。ある位置まで登ると、刃物を木にあててすっと縦に入れて作業を素早くはじめていた。洋介は目が覚めたように見上げた。縦にすっと切り下ろした皮を、生イカの皮をむくように、すっと片一方の手で巻物を広げるように横に剝がしていく。そうして一気に皮をはぎ、下でつっ立って見上げている洋介の近くの方に、勢いよく落とした。それを拾いに行くのが、今日の洋介の仕事だった。たった一枚の皮。だがその皮一枚を拾うのが又容易なことではなかった。足元に落ちずに、沢目や崖っぷちゃ、高いせりあがった所だったり、夏草のとげの藪の中だったりした。そして一尺近くで年代の古い子供の丈ほどの大きな皮は、手に持ってじっちゃの所まで運ぶのに又ひと手間かかった。

皮を剝いだその木からは、もう一段下の方で皮をむくように少し大きめな皮をはぐと、すぐに剝いだ皮をうち表に結わえてそれを担いで、又、次の木を見つけて移動した。剝いだ後、じっちゃは木の根元に立って木のその剝いだ木を、頰張ったくぼみの目でしっかりと見上げ、

「これくらい頂いたが、来年も又花を咲かせるにいいな」

と、念を押すようなことを言った。多分、木の皮を剝がしすぎないよう気を配っているらしいことに気が付いた。

洋介が何よりもへたばったのは、その樺の原皮の重さだった。しかもあちこち皮の切り口やざらざらした表皮で擦り傷だらけになった。一方のいつも家で見ているじっちゃとは、まるで違った。一人でこの鉄板のような原皮を背負って、鳥のような方向感覚で軽トラが入れる場所まで戻らなければならなかった。麓の軽トラックの場所まで戻った時は、山の影で日が落ちてしまったように薄暗くなっていた。洋介はじっちゃの手伝いに行ったつもりが足手まといになったような気がした。さすがに、皮を積んで家に戻った時は、一束に結わえた何十キロもある原皮を下ろすと、入り口の板

の縁にどさっと腰を下ろしたまま動かなかった。それでも、剝いできた原皮をみて、顔色は普段よりずっと明るく安堵したように「さぁて」と気合いのように声を出して、「一杯飲むか」と作業場の横に座った。ばっちゃは冷蔵庫から今では一年中食べれるいぶり漬けと春に取ったワラビやフキと鰊の煮つけ、最後に刺身をだしてきてじっちゃの前に置いた。洋介は、板の間に座っている小さい横顔を見ると硬い筋肉の筋が見える顔に、締め切り近くの納期に間に合った時とは違う満足げな表情を見た。

　山へ入って樺はぎについて行ったことから洋介の朝は、学校へ行く前に、作業場の床に散らばっている桜の皮を箒で集め、更に細かい切り取られた切り落としも、大事に手で拾い集め箱に集めることがばっちゃより丁寧にできるようになった。皮を張った時に節目などに小さな穴があいたりする時に、又この屑のような原皮を穴埋めに使ったりするからだ。樺職人にとって、原皮がなくなることは、まったく先の仕事ができなくなることも知った。喉から手が出るほど職人にとってはほしいものだが、製品を作って納品する問屋から皮を分けてもらうのは高くつく上、中々出してもらえないとかで、じっちゃはよく頭を下げて頼んでいた。物を売ってお金を稼ぐという仕組みがあることを、製品を納めるために届けることで少しずつわかってきた。ヤマザクラの皮を剝がせるのは、夏の期間七月と八月九月だけで、雨降り樺は、カビやすく、剝がされないことも知った。東北の梅雨は長く雨が降り続く。そんな時は、伝統工芸士という称号を持っている腕の立つ職人は、地元の山形・福島・宮城の方まで出かけ、森林組合などの許可をとって、高級品として伝統工芸品にする古い百年樺などという皮を使いこなす専門の人もいた。その採取した原皮は、じっちゃのように普通の一般向け製品など作る職人は、問屋から乾燥機で一、二年でつかえるようになった並の桜皮を使って数多く作る。洋介は、じっちゃが作るその工程、問屋に納品するようになってその製品を見て、自然を利用する人の知恵、そして壊すのも又人間の才覚だと感心するようになった。奥山に咲くヤマ桜は、剝がされても、来年また山の木々が芽吹く頃、あの奥深い山の中で、何十年もあるいは百年余りもひっそりと白い花を咲かせているのかなと想像した。その剝いできたあの原皮も剝されたあと、又やすりで磨かれてなにかの型に貼り付けられたり巻かれたりして、人の手が加わって、あのつややかな奥行きのある深みがかった赤の色となって、一つの製品の表面で生き続けているかと思うと一つ一つ手の掛けた製品に愛着がわいた。

二　音　叉

　洋介と行き来のある夏音の家は、市の中心から北の方角の東寄りにあって、洋介の家とは、北にむかって反対側のはずれの地域にあった。北に殿様が住んだ城山と武士の屋敷が並んでいる中心街は、春の桜の季節には、観光客がどっと一時期きてにぎわう。その後ろの古城山は、砦としての川と山が取り囲んでいた。

　いつだったか確か四月で春の山菜を届けた。町並みから少し東寄りに外れた場所に、めずらしく木造で建ててある家だった。広い垣根でぐるりと廻らして、色々な木や花が植えられ、どこか西洋にいるようなアーチとか煉瓦とかが積み上げてありいつもなにかしら花が咲いていていた。雪がその年は早く消えて、暖かな日差しの中で、夏音のお母さんと白髪交じりの少し腰が曲がったおばあさんが四つ葉のクローバーが生えている上に座り込んで、洋介の持ってきたかごの中の買い物袋から、脇の大きなざるの中に一つ一つ丁寧に取り出しひろげた。

「これはこごみ、これはシドケこれは味噌汁、これ見て、白い花がさいてるかわいいの、ワサビの花じゃない。ねっこもついて全部食べれるんだ」

「これは少し熱い湯を通して、刻んで塩で揉んでバッタに入れ蓋をして、しょうゆ漬けにしよう。父さん帰ってくるといいのに。舌が長くないからこないだろうね」

黙って突っ立っている洋介に、

「同じ学校で同じ年なんでしょ。おや、随分背が高くて、夏音と違い体格いいわねぇ」そう言って立ち上がると、いつもと違って弾んだ声で呼んだ。立ち上がって並ぶと、洋介の肩に近い、すらっとした背の高い母だった。

すぐに出てきた顔を見て、見覚えがあった。学校で見かける時は、だれとも目を合わせたくないような表情に見えたが、人懐っこい笑いをしてすぐに彼は玄関脇の西洋式のドアを開けて手招きした。その日は初めて夏音という息子の部屋に入った。目の前に真っ黒な、どでかいピアノが真ん中にあってちょっととまどった。黒い箱型のピアノは音楽室でいつも見て、それは学校にあるものだとばかり思っていたが大きな黒い板、後で知ったのだが、音が共鳴するための板が、まるでテーブルほどの大きさなのが部屋に高くそそり立っていた。夏音は最初からよく一人でしゃべりまくった。

「僕生まれたのは夏なんだ。それで夏の音と書いてカノンという名前で、音楽用語でカノンというのは、追いかけっこのことを言うんだ。ほら、カエルの歌がと先の人が歌うとその後を次の人がカエルの歌がと追いかけていくだろ。音楽の楽典用語でバッハなんかの古典時代によくつかわれた作曲の形式。僕をバッカと呼んでる奴もいるの知ってるよ」

と自分の名を名乗った。ドアが開いて、外にいたお母さんが入ってきて脇にある丸いテーブルに菓子と飲み物を置き、手を差し出してどうぞというしぐさをした。ちらっと息子の顔を見てすぐ出ていくと、夏音は一気にテーブルの飲み物を飲んでピアノに座り鍵盤をたたくように弾き出した。あまり唐突なので洋介はしばらくぼんやりとしてその細かく動く指先を見ていた。

演奏というものを聴いたことのない洋介には、ただ馬鹿デカイ音と人間の両手の指があんなに素早く動くことに感心し圧倒されて終わった。初めの対面はこんな具合で終わった。

それからも野菜を届ける時は、必ず待っていたかのように部屋に入って話をした。というより、いつも夏音が独り舞台の人のように話した。いつも何か突飛なことのように聴いていたが、徐々に洋介の家の生活とは違う話ぶりに慣れてきて、おしゃべりの相手がいないか、一人っ子ですることがないせいかとぐらいに思って聞いた。洋介がここにくる用事は野菜を届けて夏音の相手をして、飲み物と菓子を食べて帰り、ばっちゃに封筒を渡せば洋介の仕事は済むと心得ていたからそんなに苦痛ではなくなった。

今日も、洋介は、頼まれた品物を家の台所に置いて部屋に入った。ピアノの脇の丸テーブルに座ると、ガラス戸からは、広い川の支流の流れが見え、その遊歩道を散歩

猫とピアノ
Kaede-10

する人、釣りをする人、そして鷺だろうか、鳥が舞い上がったりするのが見えた。左手に灰色がかった鉄橋が見え、時折、鼻先の赤い白い車体の新幹線が、立ち止まった風景を切るように通過していった。

「おい君」

転校してきたのはいつか知らないが、言葉遣いも全く違う。手招きをしてピアノの鍵盤の方に呼んだ。確かに洋介は自分の名前を名乗ったことがなかった。夏音はそういうところが大雑把で洋介の思惑など一向に気にしない性格で、自分が思っていることだけをしゃべり続け、たまーに「君はどう思う」などと突然呼ばれたことのない君で聞いてきた。

「これなんだかわかるか」

続けて聞いた。

「この音何の音だと思う」

彼の細い手が、ローマ字のUとその手元に棒が付いている金属の棒を手に、その棒を物に打ち付けると、ボウウーーーンとうねりのような音を発していた。洋介はその夏音の持っている手元から出る音を、音とは思わず、そのあっという間に消えていく小さな金属の棒のようなものの形に惹かれてそれを凝視した。初めて見るものに音の高さなどわかるわけがないし、部屋に少し響いた音は、ただの金属がはじけたような音でしかない。それなのに夏音は眼の前の同じ年の初めての相手にかまうことなどせずに、質問に答えないことなどお構いなく話し続けた。

「これはAの音、正しい絶対音階のAの音。数字に置き換えると、つまりラの周波数四四〇ヘルツというわけ」

　そういって夏音は真っ白い歯をだして、いや詳しく言えば、二本の大きい前歯を丸出しにして、ウサギのように笑った。子供が新しい知識を覚えて得意になって誰でもいいから話したがっているような感じだった。

「僕のお父さんは調律師なんだ。だからいつもここから、この音、完全四度の音の和音や五度の音を鳴らすので、僕はこの音がするとなんかスタート地点に立った気分になって、小さい時から目を覚ましたり、はっと我に返ったような気になったりするんだ。不思議だね」

　そういって手の中の音叉という正しい「ラ」の音を出すローマ字のYの上の部分を机のパイプにぶつけ、すぐにYの字の音叉の下の部分を机に垂直に立てた。すると、さっきよりはっきりと洋介の耳にもツーンという一定の音が耳に届いた。夏音は少し深刻そうに眉を寄せて続けた。

「音はラから一オクターブ上のラの間を十二に等分に分ける。けれど、ラ以外の数字はπという三・一四…と、ずっと続くのと同じようなズレやうねりのようなものを調整しなきゃならない。でも、人間は正確を求めるけれど、自然や宇宙というのは、必ず誤差かズレのようなものが生ずる。父さんが持っているのに、僕にはこの絶対音階が取れないから、そうだなぁ物事の正しいか悪いことか線を引くのも苦手なんだ。つまり世間の常識か非常識化も計る基準のようなものを持ってないっていうことかな」

その日、洋介は帰りがてらずっと彼の言った言葉が気になった。世間の常識とか、絶対音感のような世の中の正しいことなんて、どういうことか考えたこともなかったけれど、ふと思い出すことがあった。音というものは目に見えない。ある夏にじっちゃと山に入った時、方向というものはどうやってつかむのかと不思議だった。鳥や魚もそうだけれど磁石のようなものを持っているのか。そういえば洋介はここに来たとき、確か二月だったか夏音のお母さんが手招きをしたので、台所の方にいき入っていくと、双眼鏡を渡していった。

「うちの庭のずっと左先の方角。ほら、左側の、あそこ一本の木見てごらんなさい」

そう言う先を見ると、肉眼でも黒い点のようになって集まっているすごい鳥の群れが見えた。留まっているというよりすぐに飛び立ちがやがやとなにやら鳴き声も発してにぎやかだった。

「何万とか何千キロとか飛んで渡り鳥はやってくるの。不思議ねぇ。毎年時期をたがわずにねぇ」

手渡された双眼鏡をあてがって暫くして焦点が合うと、そのレンズの中に大きな灰色の鳥と、もう一つ尾が真っ赤で頭に長い飛び出した羽根を持つ少し小さめの鳥も入り交じって見えた。ほとばしり出るようなエネルギーをもって小さな実を食っていた。洋介からいうと食いちぎり、食いとばし、くらいつくといった食欲ぶりに見えた。

「大型のは、ギャングと言われてるムクドリで、少し中型で大きいのと、それが飛去ると、すぐに同じ場所にやってくるのは、かわいくてきれいな鳥、緋連雀という渡り鳥。どこからどれだけ遠くまでとんで帰るのわからないけど、帰るというより渡っていくのかしら。毎年どうして私の家にわたってくるのか不思議だわぁ。冬場、食べ物が乏しいけど、今年は特に雪が少ないので、ほら、粒の小さいブドウぐらいのめずらしい豆柿がなる木なの。あんなに沢山熟して完熟の干し柿のように甘くなっている実を見つけて、一斉に集まってくる。それも下に沢山びっしり落ちているのは食べないの。要するに地面に落ちたのは食べないの。木が鳥で真っ黒なくらいなのに、落ちたのは拾わない。つまり危険か地面をスズメのように歩けないかどっちかなのかな。でも、人間からすると効率悪いわねぇ。ムクドリなんか下に食べる時こぼす方が多いもの。もったいないのようなものを体内時計のように持っているというけれど、持ってないのもいるわよねぇ。いいなと思うことは、長い渡りをする時、聞いたんだけれど、鳥の群れは、リーダーとか王様みたいのはいないので、それぞれが、個々の判断というか感覚で移動をする。風の当たりが強い先のものが遅くなると、別のものが代わりに先頭に立ち、というような、決められたものがリーダーシップするわけではないそうよ」

「人間の群れは違う、大きくなるほど危険。リーダーに群れが従うでしょ。若い者は大きい群れにあこがれ大都会に出て学びたがっても仕方ないけど、いい加減な大人や子供達は、都会の密すぎる群れから離れ、地方、いまじゃ過疎の土地だけど土や水、自然の営みのある所で生きるべきよ」

更に語気が強くなって息子の夏音の一人芝居のようになって続ける。

「不思議なのは、想定外の地震が起こったら電気は必ずストップすることははっきりしてるでしょ。スマホ、ネット、テレビ駄目、車、地下鉄、鉄道ストップ。あと食料に水、あと考えなくとも、コロナで学習した医療関係のこと。コンクリートと鉄骨の都会で、密密が多大に膨れ上がった群れは、どうなっちゃうんだろう。そうそう、一番の脅威、原子力発電所が一番のネックね。もう考えるのよそう。馬鹿みたいね。ほら、神秘の田沢湖をダムにしようと企んだ発想と同じ体質が、都会に住んでる人達は続いて、そういう人は群れに群がってさらに群れを大きくしたいらしい。「衆を恃む大に属する者は、小を馬鹿にする」という格言があるでしょ」

夏音の母は、何故か夏音でなく洋介であるのを忘れたように話し続ける。

その話を思い出しているうちに、洋介はそうか家のじっちゃには、鳥のような磁気を持ってたのかもしれない。都会で生活していれば人も退化して残念な生き物の中に入ってしまう面もあるのだ。俺はとにかく、夏音はもっとおおきな群れの中でこそ成長するんだろうなとちらっと思った。

進路の件で決めなければならない三者面談が近い頃だったかな。夏音は、ある時、洋介にとって遠い遠いクニの話をした。その日も、こつこつっと音がしたと思ったら、いつものように甘い匂いのする飲み物を持ってお母さんが入ってきてすぐに、

「夏音、三者面談があるっていうじゃない。どうするのか決めないとね」

軽く言うとピアノの椅子に座った。その時は夏音は、窓際の椅子に座って足を組んで、母の入ってきたことなど一向に気に掛けず、視線をガラス戸の外の方へむけていた。洋介は手持ちぶさたで、お菓子と飲み物を口にほおばりながら、まるで絵画の中の風景のように時間が止まって、知らない本の中の国にいるような気分でいた。

「僕の父さんはハンガリーという国がひいきなんだ。その国のある教会にパイプオルガンを聴きにでかけるのが一番の歓びなんだって。

父の持論だけど、マジャールという民族は、アジアの末裔と言われる民で、かつては北方に住んでいたけれど、何らかの理由で、ウラルアルタイ山脈を長い長い歳月をかけて越えて南下移動した。険しい鳥も越えられない山脈を越えて、ある時西と東の

二手に袂を分けることになった。一方の民は東に、もう一つの民は西にと移動した。東へと向かった一方の民は、一番はずれの日本に、もう一方のアジアの民は西側のこのハンガリー周辺にまで行き着いたというんだ。だから、今でも言語は日本語のように主語が来てすぐ英語のように動詞が来ない言語の形と、お尻に蒙古斑があるとか、目の色や髪そしてすね毛が少ないとか、耳垢がどうのこうのとかまで同じで、一つのアジア民族の血が流れてるんだって。父さんだけの浪漫かもしれないけど、僕この話好きだ」

洋介の頭の中は、よその家の話だと思い聴いているうちに、社会科の時間だったかなと、自分とはかけ離れた話に聞こえていた。いつもこんな風に家で日中に座り込んでお茶していることなどない。この家とは違い、じっちゃばっちゃに育てられ、生活の基盤は全く夏音と違う。家の周りのことは、山ほどあった。何時もだと、秋口は、特にストーブ用の薪にする枝ひろいをして、自分の脛の高さぐらいの長さにして焚き付けをできるだけ作っておかなければならない。だが、このどこかに人との差別がある話には、学校では自分の境遇に似た共通点があるような気がした。

「そうそう」とピアノの前のお母さんが肯定とも否定とも取れない言葉を挟んで続けた。

「その教会は、ドナウの東側にあるゴシック形式の教会で、その教会のパイプオルガンに魅せられてしまった。それがシマッタってことなの」

　冗談を交えながら、

「祭壇を正面に、左右にステンドグラスの窓から色とりどり光が中に差し込んで、司祭のミサは、はるか遠くから聞こえるように、広く長く、うしろの最後部座席では、長いホールを抜けてくるような神秘的なトーンが届いて柔らかいの。礼拝を聴きに集まる人の座席は、多くの人の手ですり減ったような角の丸い長椅子で、歴史の古さを感じてとても落ち着く場所。そして、お父さんを虜にしてしまったのが、祭壇から一番遠い最後部の二階にいる人の弾く音色だった。その真下近くに座っている背後の上段から、重厚なパイプオルガンの音が刺さってくるように聞こえてくると、体に電気が走るようにしばらく動けなかったなんて言ってた。強い激しい音は、西洋の神の審判を思わせ、地獄と天国を連想させ、自分にも最後の審判が下されるような気分だったって。ほら、あれ、なんていうことはない日本の閻魔様の前でお前は地獄お前は極楽と選別される話よね。実際に、あの高いゴシック形式の高い鉄塔と、長いホールの建物は、例えれば楽器の中に人がいるようなもの。昔はそのパイプに裏でふいごというので人間が風を送っていたというから、いろんな仕事があるものね。ぶっといパイプが二十本以上もあったら大変な音になるでしょう。両手で抱えるほどの太さもあったかもよ。あのキングコングが、二十階建てのビルディングの脇でその口に合ったでかいサックスを少女にむかって吹くっていうのはどうかしら」

洋介は、自分の先祖の過去帳のある寺の本堂にある馬鹿でかい鐘と大太鼓を思い出した。「でも、父さんの一番の感動は、その音でも音楽でもなかったはず」

ここで息子の夏音が、母の存在に気が付いたのか不満そうに口をはさんだ。

「有色人種の線引きを、今もあの教会の中で感じたんだ。教会の中を、篭を手に持った寺人が回ってきて、そのさい銭箱じゃなく篭に金を投げ入れるのは、椅子に座った身なりの整った白人達で、祭壇から向かって一番後ろの隅っこに、床にじかにしゃがみこんで固まっている何人かの人達。スカーフをかぶった、大きな鼻の高いちょっと色黒の、大きな目は、灰色のような黒っぽい様な女性達と、その脇に色の少し濃い、山高帽をかぶった男達が何人か立ってミサを聴いている。だれが見ても、椅子に座っている人達とは一線を隔てた人達に見えたんだ。もしかしたら、長い歴史の中で、いまだに、ゲルマン人やケルトそしてスラブ民族の白人の強い支配の中でアジアの末裔の人達は、キリスト教による世界の中で、自分も黄色い肌のアジア人だっていうことも意識して、いや意識させられて差別の続く中で生活しているんじゃやないかな」

すると又母さんの出番とばかりに、

「彼は、自分の浪漫に失望したはずが、はずなんだけど。なんにも失望なんかしないで、あっちに住みたくなったかも」

「音楽で飯を食うには、ピアニストにはなれないし、なるつもりもないだろうけど、音楽の先生にでもなるしかないわね」

母の顔は、いつの間にか息子の進路の話に変わっていき、順に気力が萎えていくように見えた。

「教師には、絶対向いてないからならないよ」「どうして向いてないの」

「教育も残らない。自分には形になって残らないものが嫌だ。結果が見えるものがいい。それに時間に縛られるから絶対無理」

珍しく洋介は、ピアノに向かう時と違う自信をなくしたような夏音と母の親子を見た。

「ううん、音ってはかない。なん百回、何千回弾いても形では残らない。成果もその過程も何にも形になって残らない。だからこの頃もっと形になって見える人のためになること、結果がはっきり見えるものに挑戦しようかと思ってる」

母はちらっと考えるようにしてから立ち上がると、

「母さんは母さんのやりたいことがあるから悪い病気にかからない限り、貴方の厄介にはならないから、心配無用よ。おばあちゃんは私がしっかり最後まで介護して看取るから」

そうまっすぐ夏音の顔を見てつづけた。

「あなたはもう私達を必要としてないから、金銭的な面はバックアップするけど、夫婦はというより父母は卒業後解散。それぞれの人として、最後どう生きたいか、おもいのまま生きればいいと思うから」

そういってすっきりしたのか部屋を出て行った。洋介もそれを見て、つられて立ち上がった。菓子の甘みが口の中に残っている。喜子に食わせたかったと思って外を見た。秋の暮れる日の早い時間だが、柿の木の下まで出てきて、兄の帰るのを待ってるなと思い、「じゃまたな」と夏音に言葉をかけると外に出た。夏音の母さんが、包みを手渡すために立っていた。喜子の分も大事にかごに入れると薄暗くなりかかった道をペダルをいっぱいこいで家に向かった。

三　帰郷

　何時もの年ならまだ雪が残っているのに、今年は黒い墓石の上にも、すぐ背後に奥羽山脈の裾が迫っている際の太いクリの木の陰や、何本かの杉林の中にさえ白い雪の塊は一切残っていない。春の彼岸間近の墓地にジャンパーを羽織った二人の男が墓掃除に来ていた。

「なんと助かるなぁ、雪が降らなんで、墓掃除も楽だ。いつぞやの大雪の年は彼岸には墓参りどこでねぇくてっぺんまで埋まって、掃除なんてもいらねぇかった」

「だども雪が降らねば降らねぇで困るやつもおるからなぁ」

「まったく。市の除雪車も今年は二、三回しか動かねかったんでねぇか。予算は大分得するべえども」

「んだな。建設関係やそこら辺りの大工たちゃほんとに雪下ろしの手間賃当てにしてるからなぁ。俺も、本家の爺さんからいつも頼まれるども、声かけられなんだ。俺も年で難儀になったども、いい手間賃になるから、かかぁが雪降らねぇかな、なんて待っててら」

「それでも、怪我人も屋根から落ちて死んだのも二人位でねぇかったか」

二人の灰色の作業衣を着た男達は墓石の泥や白い鳥の糞などで汚れたのを洗い流していた。

「俺かて七十過ぎてシルバーさ登録して、少しでも働くとて…おや、そこの墓に新しい塔婆立ってるども、だれなくなったべか」

「あらっ、気が付かねぇかった」

「そこの墓だば、ホレ、かまどけぇして横浜にでていって、その前の爺様がこの辺りじゃ大した材木で儲けた三久佐エ門の家の墓だ」

「ほぉ、そうだったか。オヤ、なんだか白い丸っこいもの乗っかってるな」

「墓前に乗っかってるその白いもんなんだべぇ」

身を乗り出して手元を止めて相棒が聞いた。

「カラスも食えねぇかったもんだ。白い布に何か丸くくるんで、さい銭箱に小銭くるんで投げるみてくなってるども、ははぁ、目と口が書いてある、テルテル坊主でねぇか」

手に取って笑って見せた。

「あや、んだな。いたずらだか」

手を止めて相手の男は少し言葉を荒げて言った。

「ちがうなぁ。この白いのは、マスクだ。マスクで作ってある。まさかコロナで亡くなったんではねぇべ。それにしても童で去年の秋なくなった。しらねぇかったな」
昼のサイレンが聞こえると、早々に二人の墓掃除人は急いで帰っていった。新暦の春の彼岸の墓地には、わずかに造花の花の色だけがめだった。

東京から帰った洋介は、すぐ墓参りを済ませ、近くを流れる大きな川の橋の上に立ち止まりひと呼吸した。一気に感情がほとばしり出るように、白い息が外の冷たい空気に吐き出された。雪解け水で川の水はいっぱいに流れて、そのはるか上の山脈の先には真っ白な白馬のような駒ケ岳が、飛ぶがごとく見事にすそ野まで真っ白く浮き出て見えた。その裾野から流れ出た田沢の湖の最も深い部分で辰子のように若くそのまま生き続けてほしかった妹が、「あにさん、おかえり」そういってから「おそかったね」と口をとがらせているような気がした。あの石の下の中に骨として入ってしまったという実感で、じーんと胸が熱くなった。湖と山並みそして空。何の変わりもないようなのに、二人のいない家は、ひどく空っぽなものに感じた。それから道を下って橋のたもとの昔からある一軒の店に立ち寄った。この船場にずっと前からある、たった一軒の店で、いつだったかじっちゃの軽トラで墓参りの帰り立ち寄り、みんなでジュースを飲んだり菓子を買ったりしたことをついこの間のように思い出した。

家に戻ってから、本家や分家に挨拶に行かねばといわれ、しきたり通りにばっちゃについて回った。都会から帰って、挨拶回りをしているうちに、この辺りに残る、いまだに地主と小作、あるいは本家と分家の不公平に気が付いて、ただ頭だけ下げて回った。ばっちゃの方の分家の、最後に立ち寄った兄さんだけが「よかったらコメつくる手伝いさきてけれ」と言ってくれたので、救われた気がした。

それから、夏音の家に最後一人で、少し前に雪の中から掘り出したキャベツと燻り漬けを包んで持って出かけた。家の白い壁の部分が薄汚れてひびのような割れ目も建物に見えた。奥の木造の建物の方には、まだ雪囲いの板が建物を覆っていた。三月末の庭には、フクジュソウの花がいっぱい柔らかな土の中から出て花を咲かせていた。ワサビの葉っぱや、今出たばかりのような蕾の一輪草や二輪草の花がわずかに紫や白の色を見せて、寒村の庭に暖かな春の気配を見せていた。太った猫が小春日和の柔らかな土の上を歩いて入ってきた人の方を振り返った。のどかで時が止まったように静かだった。コロナ禍もすぎたが、夏音の母がマスクをかけて出てきて、家に招いた。

「今、おばあちゃんにごはんやっているところ」

そういって招いた部屋の入口に立つと、ベッドの脇から管が下がって、栄養剤を流し込んでいるようだ。色の白い老婆の眠ったような薄目を開けたまる顔とわずかにゴマ交じりの髪が見えた。髪が白く目立つようになった母が夏音の部屋ではなく、台所のテーブルに通した。

「夏音の部屋は使っていないので、寒いし暗いので、ここが一番暖かくて、私一人だけがつかっている居間。日にヘルパーさんと保健婦さんが来るだけ。あとはもうレッスンも調律の人も、お茶のみがてら演奏聴きに来る人もこなくなったわ。コロナ禍だから仕方ないわね。老々介護しながら何とかね」

「何か俺にできることがあれば来るす」

そういうと、案の定すぐに、

「ありがたいわ。冬囲いをはがすのとか木の枝払い頼んでいいかな。いやそれは無理か。木の剪定じゃなくていいから、道路に出てしまった枝や下の方を枝落とししてほしい」

と言いながら、

「早速で悪いけど、廊下とトイレの蛍光灯取り換えてほしい。ついでに高いあの時計の電池もお願いするわ」

そういいながら、

「夏音はあと二年頑張れば医師免許が取れるはずだけど、ここには戻らないだろうし、夫は」

と言いかけて、廊下に何か鈴のような音がして、慌てて、

「おばあちゃんの食事終わったから、ちょっとごめん」

そういってガラス戸を開けたまま出て行った。

三月の暖かくなった日差しで、ストーブもいらない気温だった。窓の外を見ると田園が端の方に見え、三、四日前に見かけた白鳥の群れが、稲穂の後ろの雪の消えた切り株の後ろを泥にまみれながら熱心についばんでいる光景が見えた。四月半ばすぎるともう見えなくなり、何時か夏音がいたあの頃は四月で確か鷺を見かけたことを思い出した。少し早いがもう「北帰行か」その群れもよく見ていると大きな白鳥が首を上げて辺りを見回し、小さい灰色の白鳥や小ぶりの方は、もう首を下げたまま、ほっくり返して食べるのに夢中だった。やっぱり家族をしっかり親鳥は見はり、厳しい長旅を続けていく様子が見て取れた。ざっと部屋の中を見回してこの夏音の家も自分の家も家族がまとまって一緒に住めない過疎の現実を強く感じた。

いつだったか、東京でコロナ禍で割とすいている駅のホームで夏音とばったり会った。その時に医学部に入り、しばらく家に帰れないことを聞いた。洋介は夏音の部屋で聞いた音叉の正確な音を思い出し、「しっかり生きているな」と感じた。「俺はじいちゃんと喜子が逝ってしまって、ばあちゃん一人にしておかれねぇので帰る」そんな会話をした。その時、すぐに「家の母の処も顔が出せたら、よろしく頼む」と言われた。すぐに「わかった」と返事をして別れた。

思い返せば一昨年春、叔父のトラックに乗り、上京してから、飯場と呼ばれるような所で、オリンピック会場の建設現場と言われる下請け工事にかかわった。かかわったといっても、廃材を捨てるのを運んだり、作業の後先の材料をはこんだり、掃除のような誰にでもできる下働きで、連れて行かれた場所も地名もわからない。都会の山手線に乗れば、駅名がわからずぐるぐる回ったり、ビルの現場に行くのに迷ったり、都会の建物の中は、あの山の中でじっちゃからはぐれた時のように、自分の頭の中が真っ白になって、雑踏の中でめまいがするようだったし、身近な人の顔や名前さえも覚えられず、方向を失い不安に駆られて過ごした。コンクリートの重箱のような狭い蓋つきの中に夜寝ていると、たまらなく息苦しくなって外に出て、空を見上げても、布団をかぶせられたような隙間から捜す空は、両腕を丸めたほどの洗面器ほどの空。誰かのように、東京には空がないというのは、このことかと納得した。

最後に持ち場の仕事を去る時、初めて眼の前のドームを見上げた。巨大な何十年いや千年の寺の銀杏の木よりも太い鉄骨の脚が天に向かってそそり立っている。このオリンピックの工事現場に来てまもないというのに都会という底知れない人の集合したエネルギーは、やはりすごい。地方から出てきたものにとって、この人の群れで住み働く人間模様は、うるさいというよりやっぱりおもしろいかもしれない。地方にいてはできないことが、ここ都会にいると、できるような気がしてくる。なによりも他人や親戚の目を気にしなくていい。

「おい、洋介、ラーメン食いにいくべ」

都会の明るい夜は、活気があって一番心をひきつけた。食べて飲んで勝手に自分のしゃべりたいことをしゃべっていて、忖度とか先輩に逆らうとか、自分の意見と言うものを未だ考えも及ばなく、黙っていれば住む所が居心地がよかった。母方の叔父さんは、金がなくなる月半ばとか末に食事をごちそうしてくれた。その中には、建築のことを真剣に勉強しようとしている宮野という一つ上の先輩もできたし、よく食べに行く店の配達するおじさんにも田舎のじっちゃの話ができるようになってきた。初めて食ったほのかに冷たいアイスと、べたっとした柔らかく甘いチョコがのっかった他に赤や紫、橙の果物が乗っかっているやつは、妹の喜子に絶対食べさせてやりたいと思っていた。

オリンピック大会が延期され、世界を震撼させる新型コロナウイルスの発生で、都会の人とのつながりも、狭い住まいも簡単にあっさり終わった。

厄介な本家や分家の挨拶回りが終わり家にもどり、普通の生活が始まった。といっても、前の学校へ通いながら手伝っていた時とは全く違う。ばっちゃが動けない分、口の方が達者になっていて彼にとくとくと話を続けて、ここら辺りの在り様を何度も口説いた。

「ここ田舎じゃ、コロナの三密の緊急事態宣言がでても、俺らの普段の生活はかわりようがねぇべ。春三月からは、米作りで田植えも始まるし、畑仕事の種イモや飼料の石灰まき、堆肥の準備などから機械使う家じゃ、その出し入れになど、たった少ない人数でおおわらわだ。不要不急も関係ねぇ。ばぁの母さんは、東京で戦争や地震にあった人で子供を疫痢と乳児かっけで亡くした。それで足元には必ず履物をおいておくこと。とよく言ったもんだ。戦争も地震も疫病も、なにも銃をもってお互いを殺しあうだけじゃねぇくとも、その後もキイつけること。弱い飯がくえねぇ人や老人子供の感染にまで被害をもたらすもんだと」

少し一人生活が続いたせいか帰ってきた孫の後を、喜子の小さい時のようにくっついて離れない。「うんうん」と返事をしながら、居間に入る前に台所の方から外へ回って、裏の堰に出てみた。自分の膝丈も伸びた枯れた雑草を分けながら、じっちゃがいつも草刈機で朝夕周辺をくまなく刈っていたことを思い出した。栗の木の下はいつも下刈りをして、柿の木の下の周りは、よく風の後にあちこち落ちた枝もいつも拾い集めて冬のたき物にまとめてあった。草だらけで覆われた堰をみながら少し下り、こごんで手を洗った。次から次へとやらなければならないことが、じっちゃの姿とともに現れ、喜子の姿は少しずつ薄らいでいった。田んぼへ水を入れるためもあってすごい水量の水が勢いよく流れていた。靴を脱いで足を入れるとすくわれそうになった。

「ひゃっこい」

と思わず頭から声が出たが少し緩んできていた。やっぱこの水の流れが近くにあることは国に帰ってきたという実感が強い。家に戻って居間に飛び込むと、暮れ時の西日で明るかった。その脇に一本の総皮の樺細工の茶筒が置いてあった。洋介の見ている視線の先を、そばにいつの間にかばっちゃがいて、すぐに、

「俺がおめぇの寝間の布団干すとて広げたら出てきた茶筒、爺様修理してそこへ置いたまま逝ってしまった」

　小さな仏壇をみて懐かしそうにそう言った。洋介は、黙ってその茶筒を手に取って、目を凝らして回して傷を探した。赤みがかった銀色の一本一本の線が浮き出て、樺の原皮は時がたって、深みがでてきてつやつやと輝いていた。トレーナーの裾で、手に取って空ぶきして、まだおいてあるぼろ布にちょこっとワックスをつけて、しっかりとこすってみると活きているように更に赤みが増した。背中を丸めて作業するじっちゃの姿が自分に重なった。「なにをして食っていくか」ととりあえず軽トラのバッテリーを換えて修理し、前の畑にジャガイモを、放置された田んぼを借りて、苗を分けてもらい、米を育ててみようかと思った。窓の外の北側には、前と変わらない広い高い空と彼方の山脈の更に北に立つ白馬が見える。明日晴れたら、ズッパリ外仕事ができる。手拭いを丸めて、ひもでくくり、てるてる坊主を作って、「明日晴れてくれ」

とつるした。てるてる坊主がにっこり笑って喜子の顔に変わった。

完

とおりゃんせ

一　近くて遠い島

七月に入った夕方のテレビのサハリん②《ツー》という音が小耳に入った。ハッとしてすぐ稚内からサハリンへの旅の船上「とおりゃんせとおりゃんせ行きはヨイヨイ」と柔らかなつぶやきをもらしたクニおばさんのことを思い出した。サハリンの島がニュースになるなどめったになかったので翌日の新聞を待って手に広げた。トップに「露管理か」と四段抜きの記事がすぐ目に留まった。ウクライナ戦争の飛び火となって日本の直ぐ北で始まっていた。二月からのロシアによるウクライナ侵攻が始まってほぼ半年になる。

台所の後かたづけも途中で、確かに切り取ってあるはずの新聞の切り抜きを探した。クニおばさんから頼み込まれてこの北の島サハリンを訪れたのは、ビザ申請をすると入国ができた、それはオウムのサリン事件が報じられて数年後だったと記憶している。以前はこのすぐ北隣の島が、ロシア戦争に勝って手に入れた島で、日本統治時代は、樺太と呼ばれていたことも、太平洋戦争の終戦時までであったことなどもあまり知らなかった。北海道の北、北緯五十度線の南半分、魚の鮭をつるしたようにぶら下がっている島を改めて描いてみる。

島への旅を終えて五年もたった頃だったろうか。鮭の中央の骨のように引かれたパイプラインの記事を読みながら、当時は自然の環境が変わることが気になった。二〇〇四年八月の新聞に日本の会社も天然ガスの開発に参入しアメリカ村もでき「エネルギーの期待」がこの小さな島に込められているという記事を改めて読んだ。南北、当時八百キロのパイプで繋がり、そのエネルギーのおすそ分けを日本はいただくという期待で高まっていた。その切り抜きの隣に当時の鉄道時刻表があった。それによると尻尾の南のユジノサハリンスクを23時15分にのると最終の北の駅の頭の部分のノグリキへは14時15分とある。あの時の旅の行程では、寝台列車で南から北まで走る。その寝台車からはドアが開けられなかったのでわずかな窓から見える水平線の彼方に、桃のような色の柔らかな月を最初に見た。午後の北の薄曇りの夏空の下、終着駅ノグリキで見たロシアの子供達のやせ気味な真っ白い肌と青みがかった瞳が、遠くからじっと肌の黄色いどちらかというと目の黒い年寄り達がぞろぞろ列車から降りるのを、好奇心で少しずつ近づいてくる姿を覚えている。途中下車して民芸館で買った、ギリヤーク（ニブフ）の動物の毛とビーズを革に貼り付けたペンダントは、今も居間の壁に掛けてある。民芸品を作り、決められた場所に集められて生活している少数民族の狭められた生きる姿。そこを通り抜けると列車の窓の左岸に靄の立ちこめた初めてのオホーツクの海を見て人気の全くない海岸を走り、ある一か所で、数人の若い男達が船を造っている光景がさーっと通り過ぎて頭をよぎった。

乗車してからすぐは東海岸を走る時は、部屋の荷物や夕食で余り外の光景が見られなかったけれど、個室でクニさんが何をしていたのか全く記憶がない。

クニさんとの出会いは、私が子供を出産する時に、病弱だった姑が、時々来ていた「があ」と呼ぶおばさんに毎日来てくれるようたのんでいて、その時からはじまった。秋田という東北の内陸にあたる奥羽山脈と玉川という大きな川に挟まれた過疎の町に来て間もなくだった。「があ」「があいたか」と姑はこのおばさんを呼んでいたが、その時五十近かったかと思うが、足がO型に曲がって少し腰も曲がっていた。母さんとか、かかあとかを短縮してカーと呼んだりしているうちになまってきたのだろうが、秋田弁がわからない当時の私はがぁとは呼ばず、クニおばさんと呼んでいた。とにかくマメに黙々と家の中のことから外仕事を姑とは四歳ほど違うだけなのに手早く働く人だった。姑とは同じ時代に生まれたというのに姑とクニさんは余りに違ったのは、地主と小作人の家に生まれた環境もあったかと後で気が付いた。

そのクニおばさんとこの地域のことを聴くきっかけは、私が入院してベッドでお産を待つ時だった。二階の病院の中の産室までトコトコ歩いてきては、ベッドの所でいったん腰を伸ばすようにしてから入ってきて、煮染めた笹タケノコや、この土地のもちっけのある笹の葉の上に菊のような紅をつけた甘いものを持ってきてくれ、出産後も母乳で汚れた乳臭い下着など持ち帰り、まめに来てかわりの下着を届けてくれた。出産には帰ってこられない夫と周囲の訛りのある言葉がわからないなど、新しい土地での不安だらけの二日がかりの長引くお産に、クニさんのおかげで耐えた。その時にこの辺りの女達の、誰からも聞けないような話も、あのへらへら笑いをしながら「世の中そんなもんだ」ぐらいに小柄でほっそりとしているのに、不敵にも見える表情で重い話を軽く話した。

「あんたの姑とは、こんな幼馴染の頃からの付き合いだ」

そう聞いてなんとなく「がぁ」と呼ぶのがすとんと落ち着いた。「まずうごかねぇ人だから嫁っこも難儀するぺぇども、気立ては男みてくきかねぇ人だ。まぁ働かなくとも地主の家に生まれ育った人だから」

そうきりだして持ってきたものを前にひろげ、

「そろそろ生まれそうだか。大分さがってきたか」

といってせりだした私のお腹に手を当てた。

「クニおばさんは何人子供がいるの？」

持ってきてくれた食べ物を一つ一つ手に取って味わいながら、しゃべる口調は男のようだが、少しずつ母のかわりのような気がしてきて心強かった。

「はぁ、おれか？」

少し黙って手元を見ていたが、

「俺のわけえ時は、」と言葉を止めた。

「子供何人ほしいとかなんて言うより、できたら産み育てるだけ。ある時は、俺の知ってる人は産んですぐに間引いたのがめっかって、駐在所のおまわりが来て、両手を縄で縛られて連れていかれた。女は六人も七人も産んで育てられねぇことはわかってるからなぁ。あの頃の産婆はこんな赤けえ玉をくれて「飲め」って渡されたが、自分の体もあぶねぇのに飲んだもんだ。そして昔からの言い伝えだとほうずきの根っこを入れて堕ろす算段も影の話で教えられたりしたもんだが」

と私の聞きたかった話とは全く違うこの地方の少し古い、この辺りの女達の堕胎の話をした。わらべ歌の子守歌も子供の弔いの歌とさえ言った。そして又「そんなもんだった」と私がお産が始まるかもしれない落ち着かない時だというのに、ずらっとしてなんでもないことのようにあっさり言う。結局、クニさんは自分の子供が何人産んだかを話さずじまいで「晩飯だと」といってすぐに帰っていった。

小引き出しからひとつひとつ生い立ちを引き出すように、この雪深い小さな町で生きる人達の覚悟のようなものをクニさんから少しずつおそわったような気がする。自分の米を作る田んぼを持たない小作の家に生まれ、両親は、あちこちの田んぼの手伝いや鉄道線路や道路などの工事にでて働き、年寄りが少しの野菜を作って売ったりして分家から米を分けてもらって食べるだけの農家の人達の生活が、こんな風であったと教えられているような気がした。昭和が終わり平成になっているというのに、まだひと昔前の地主であった総本家などの家の敷居をまたぐのには、両手をそろえて前に置くようにして、頭を腰の辺りまで深く折ってお辞儀というより、お茶室に入るように頭を垂れて腰を引くようにして出入りしている様子さえも残っていた。

そのあと、クニさんは、本業の旅館の方の手伝いが忙しくなって、顔を見せなくなって、樺太行きの話を持ちかけられたのは、このあと二十年近くも経ってから、クニさんは七十を超え、私も六十近くなっていた。

今、又あの二人で思い切って参加した旅から二十年余りを経て令和と年号が変わったけれども、ソ連ではなくなりより強権的なロシアは、独裁者ともいえるプーチン政権下にあって近くて遠い島になり、樺太に恋い焦がれたクニさんは平成の年に逝ってしまった。今クニさんと同じ逝ってしまった年に近くなって、ふと彼女の果たしたかったことはなんだったたか、同伴した意味も何だったたかを、サハリンの名前が出てきた昨今、辿ってみたくて仕方がなくなった。

二　クニおばさん

「行きはよいよい帰りは恐い」そう行きの船の中で不敵に笑いながらとおりゃんせの一節をつぶやいた彼女だが、終わってからもその心の内を私にじかにあまり話すことはなかった。

車の今の時代で推し量れば、宗谷海峡から四十キロ余り。六十キロの速さで車で走れば三十分で着く買い物の距離に収まる島だ。それなのに、令和に入りその北の島から、下手をすれば、銃口がぐるっと回ってこちらに向けられてくるような不安が起きる。

山裾に彼女は自分で建てた新しい墓がある。ニュースは、毎年と同じく、広島長崎の次に十五日の終戦の戦没者の報道が流れている。ある時「オレには終戦なんてねぇ」「えっ?」そう聞き返そうとして黙った。南樺太は終戦の年の十五日以後の八月二十日、ロシア軍が北緯五十度線の国境と海から彼女の住む真岡に侵攻してきたといい、ちらっと終戦がないことを漏らし更に日本への帰還船に「乗ってしまった」とも口にした。

あのツアーの稚内からの旅立ちの日、フェリーは北の方向に向かってゆっくりと進んでいった。夏ののたりとした油のように動かない海面は穏やかそのものだった。稚内から北の島サハリンの島影はすぐに見えたが、四十キロという距離にいくのに半日がかりのピザも必要で、まだ近くて時間のかかる遠い国に感じた。クニさんに請われて旅のお供ができたことなどすっかり忘れて、有頂天で眼の前の波ひとつない海を眺めながら頭の中で平たい地図帳ではなく丸い地球儀を考えて想像した。北緯四十度は自分が何十年も住んだ土地なのに北緯五十度線上に今向かってるわけだが、丸い球体から北に辿っていくと、丸さの分、サハリンは少し長細く見えた。鮭の尻尾から頭の最北端の西海岸へ、そこから広大なユーラシア大陸に連なる。冬季には凍結して当然往来がトナカイや犬ぞりでも渡れると私にも想像できる。かつてオホーツク海沿岸で暮らす少数民族は、当然、大陸にまでも渡り商いもしたと読んだ。更にその先は、球体で空から追っていくと大陸の西の端ヨーロッパの国にまでたどり着く。それには、本州の私の住む四十度からより、ずっと北緯五十度北から飛んだ方が球体で見ると近くなるから楽しい。昨今身内からイギリスに仕事で行くのに、ロシア上空を飛べないから、行きは北極圏側を飛び、帰りは南回りで二十時間ぐらいの凄い距離と給油でかかってしまったという。平たい地図が頭にあると、丸いことを忘れてしまいがちだ。

稚内を出て、サハリン島に向かう船上でクニさんを振り返ると、隣でじっと瞳を海に向けて押し黙っていた。普段は「へらへら笑って」いるのに、「どうしても一緒に行ってほしい」と樺太行きの旅を真剣に頼みに来たのは春頃だった。何か理由づけがないとちょっととまどって何日も返事をしないでいたが、確かにサハリンという島はまるで島伝いに行けば孤立してはいない。ドローンで鳥瞰して更に思い描くと、樺太と呼んだ日本統治の島以前から、間宮海峡（韃靼海峡）と大陸の往来はあった。アムール（黒竜江）川や沿海州を抜け、北アジアからさらにモンゴルを抜けるとハンガリー高原に通じ、アジア人の一番西に住む人種マジャール人にたどり着く道だから、と、徐々にクニさんの思惑はそっちのけでわくわくして自分の思いだけにふけっていた。しかも大国中国は北夷を敵として見ていたから、中国を通らずにヨーロッパの端まで、空ではなく蟻のようにキャラバン隊は移動していたのだろう。かつてアジアの民族がウラルアルタイ山脈を越えて、西にはハンガリーまで、東は日本まで移動したアジア人の末裔の道が見えてくる。少数民族達は、オホーツク海を舞台にカムチャッカと日本とサハリン島を自在に獣や回線魚の豊富な豊かな資源で悠として暮らしていたことも感じ取れる。その樺太以前のサハリンは、チェホフの流刑の島のイメージもあったが、その後の日本統治の遊覧鉄道に乗って星空に物語を見つけた宮澤賢治が見た、北の島の星空を見てみたいという少女のような憧れもわずかにあって、行ってみたい思いがふくらんだ。二十近い年を超して違う親子に近いクニさんの思いなど、まるで行きの船上では考える余地はどんどん消えていき、あれこれ詮索しない方がいいとさえ思った。

朝九時頃、入国に際しての他国に入る厳しさをちらちら感じて稚内から乗船した。さすがに乗船の時は、O型のよたよたしい足取りの彼女をきづかいながら、戦前に樺太行を決断した十八、九の若い女の気持ちをちらっと考えてもみた。クニさんの生い立ちは、姑からも聞かずもがな語られた。

「十六歳の頃女の子を出産しそのあともう一人男の子を産んだが、その子もすぐに男親の実家に引き取られて間もなく、まったく血筋のない分家の家に養子に入ったようで、クニは自分の子を手元にはもちろん引き取られた先さえ知らされずに、眼の前には飲んだくれの働かない男がいた」と言う調子で話した。更に後になって、「最初の男の子をお腹に宿す前、十五を過ぎた年に、ある仲介人が入ってなんぼかの契約金を渡され、樺太にある遊郭に小間使いとしていく手はずになっていた」と内輪のことも話した。その話が男がいたことですったもんだして流れ、乳飲み子と離されたクニは、飲んだくれの夫から逃れるために樺太行きをきめたという。

「あの当時は、青森、秋田、岩手、山形などのヤン衆と呼ばれる働き手がどんどん北の豊かな漁場や木材の仕事に渡航した時期だったから、若いクニにとっては、それほどの恐怖心はなかったのだろう」更に続けて、

「春は鰊、冬は鮭に鱒蟹漁と製紙会社や鉄道に乗合バス、電話など、働く場所が広がって終戦前には四十万以上の人で膨れ上がっていたのだから、働き者のクニ一人住む場所も喰いもんもあったんだろ」

「むしろいってよかったんだべさ」

姑はそう付け加えた。

「それでも、仕事は過酷だったようで男達に交じって、春は朝の三時四時からニシン漁のオスメスをとりわけ仕事、夏は木材の切り出しされた飯場でと仕事をえらばずに働いた。あの見下された本家や分家に生まれてすぐに子供を取り上げられて、頭を垂れることもなく、飲んだくれの夫にぶんなぐられることもなくなった」

豊漁な西海岸の産物と産業の活発な社会の中で、姑の言うように住みよかった場所だったかもしれない。

「半日も船旅するなんて初めてだけれど、意外と何の揺れもなく、なんか宇宙船に乗って丸い空を感じて漂っている気分ね」

デッキの外でクニに気軽に話しかけると、

「行きはよいよい、帰りは恐い」

又厳しい表情になって遠い先の島を見て、いつもの「そんなもんだった」と軽い調子で言うクニさんではなかった。

「えっ？　なに？　なんって言ったの？」

「行きはよかった」

　そういって彼方の島影が中々大きくならないながらも、彼女の視線は少し柔らかになっていた。見上げたふとその斜め上にロシア国旗がはためいているのに気が付いた。それから彼女は、「じぃっ」といってあまり大きくない口元をチャックで閉めるジェスチャーをして黙ってしまった。けれども彼女の眼は見たことのないほど輝いて幼子のように、へらへらとした口角をきゅっとあげてきつい目を細めて笑っていた。

「行ってすごくよいことがあった」んだな、とこの時ちらっと感じた。船の脇をいつからか、黒いカラスのような鳥が数羽並んで飛んでいた。鳥には国境というややこしい線はなく自由に行き来するという反戦歌を思い出しているとクニさんは、

「ワタリガラスが私らを水先案内人になって連れて行ってくれて飛んでいる」

　と目を細めて、ロシア国旗の上を飛ぶ黒い鳥に、幸せの道案内人として話しかけるように言った。

三　場外市場

ある日ある場所で下車し案内されたのは、場外市場だった。その場所でクニさんはある売り場の前で止まり、いつも見たことのない表情で立ち尽くしていた。市場は周りを柵で囲ってあるようで小学校の小さいグランドくらいの広さがあったろうか。客は多くが白髪交じりの、日焼けした顔に、足腰が少し弱った年寄りの多いアジア系の人でぞろぞろと行きかうが、買うというより何を売ってるか覗くだけで、冷やかしの人が多い人達に向かって、

「食べて、食べてみて」

と呼びかける女の声が遠くで聞こえた。市場の真ん中や入り口の目立つ広い場所には、ロシア人の体格のいい男が高価な毛皮のコートなど吊り下げて、高い所から呼び込む姿が目立っていた。

「いらっしゃい、いらっしゃい、安いよ。この毛皮のコート暖かいよ」

「オッそこの人、買ってらっしゃい。カネ持ってそうなその人。買ってきな」

ロシア語でわからないが、立ち止まる客におそらくそんな呼びかけでもしてるんだ

ろうか。ふかふかしい、ハリウッドの女優が、絹の薄いドレスの上に、羽織っても暖かそうな厚い触りたくなるような毛皮のコートが、高い所に目立って吊り下げられていた。ぼんやり見上げてる野次馬の私に男の眼が動いた。目が合った。青い切れ長の異邦人の眼。突然オオカミの鋭い歯と長い真っ赤な舌と牙に見えたが、直ぐに、よくテレビに映る左肩をゆすって、ブルーの狐眼の男が、真正面の黄金の宮殿を出てくるあのロシアの指導者の顔に変わった。買う気など全然ないのに、と、さっと行きすぎた。行きすぎたが、そのロシア人の男から、その前にある駅で出会ったロシア女の光景が連動した。

その色白い肌のブルーの眼は、ある駅で下車、少しのグループで歩いている時に出っ食わした。ロシア人とわかるスカーフをかぶり、太った体格の女が私達グループに向かって近づいてきた。脇の男女交じりの数人のすぐ前まで何のためらいもなくずかずかと近づくと、何かマッチを擦るような真似をして身振り手振りで荒い息使いでまくし立てていた。たまたま通訳の日本人がいて何やら受け答えをしていたが、すぐに私達に顔を振り向けて、

「日本人か。日本人は戦争で私らの家に火をつけて燃やした」と告げた。のんびりとした戦争を知らない若い者も交じっている私達のたまり場に、果敢にも抗議しに来たのだ。改めて周りのグループの年齢に目をやると、戦争をクニさんのようにここで経

験した、観光でなくきている人々がかなりいることにきづいた。辺りの一緒にいた観光気分の若い者達も、クニさんのようにここで暮らしたであろう人達も、何とはなしに、じっと押し黙って立ち尽くしていると、ガイド兼通訳もできる男が前に出て女に近づき、さらに何かわめいている女にむかって、二言三言手振り身振りも入れて話をしていた。女は男の顔を無視して、言うだけ言うと気が済んだのかプイと横を向いて又来た道を大きく手をふり、足早に低い板塀のある林の奥の方に戻っていった。ダーチャという別荘件野菜農園にきている人だったのだろうか。思い返してみると、日本がこの北の南半分を手に入れる前は、ロシア人の流刑された人やその家族、刑を終えてここにとどまって農民となった人、その前から少数民族と言われるギリヤークやアイヌの先住の様々な人達が住んでいたことに気が付いた。更に第二次大戦後は、南半分が日本領となったためそこの白系ロシア人は、シベリヤの収容所へ送られたと読んだ記憶がある。少数民族は島の中央のタライカに集められ狩猟もできず、不便な乏しい生活を迫られた人達もいたことを思い出した。

六十年以上の短い期間に、この極東であり、日本のすぐ北の島である小さな島は、少数民族やロシアの流刑地そして日露戦争による南部の日本人占拠の年月に、四十万という人がどっとなだれ込み住みついた。この経緯を抜きには考えられない。ある旅人が静謐の島と表現したが、近年を振り返れば私は沸騰するるつぼの島と形容したくなった。戦争という勝ち負けで生活を奪われた人々が右往左往する悲劇には、勝者も敗者もない少数の先住民の人を含めて、混乱した島が少しずつ私の目の前に見えてきた。食うために渡航したクニさんも、あのロシア人女性も狭い土地に集められた少数民族も、朝鮮から徴用されたりした人達も、大戦で翻弄されて別れ別れ、ばらばらになり又ここでこの島に取り残されてしまった人達もいたことを薄々と気付き始めた。クニさんは、この樺太に残りたかったと言いながら、結果として引揚船に乗船することを選んだ。引揚船に乗らなかったら些細なことだが私との出会いもなく、ここに立っている旅も、こんな近くの島に戦前と戦後を通してあったことに触れるなどなかったかもしれない。

市場での物売りの声を聴きながら、クニさんとゆっくりと市場の中を進んで、スカーフやマトリョーシカの見慣れない色相を黙って見ながらぐるりと回り歩いた。裏側の日のあたらない暗い出口の辺りまで来た時、市場の片隅のちょっと違ったグループのように固まっているものを売る女達がいた。クニさんは他の売り物の台には目もくれず、隅っこで少し距離を置いて物を売る女達の様子をじっと見ていた。その眼は物を買うためでなく、売っている女達の様子をうかがうように観察している風に見えた。女達は、スカーフをかぶったり、呼びかける言葉は日本語だが、仲間と話す言葉は朝鮮語らしく、痩せて顎がとがって色が浅黒くしわの深い女がしきりに声をかけていた。それにもかかわらず小柄な痩せた女達の眼だけは、活き活きとしすばやく、「買って」と呼びかける。その前の台には、小さなジャガイモや人参、そして青リンゴなどわずかだが何故かロシアの男達に負けず活気にあふれて見えた。朝鮮にも韓国にもあるいは日本にも渡らなかった、いや帰れない人達だろうか。無国籍でパスポートをもらえず自由に飛べない鳥達。シベリヤ送りか、兵にでもなったか朝鮮の男達の姿は、ほとんど見かけられない。クニさんはぐるりと市場の中を何回もまわると、この女達の売る台の少し離れた所から、切れ長の目をまっすぐに向けて、厳しい顔つきから、徐々に頬が緩んできて穏やかな表情に変わっていった。遠くの相変わらずロシア人の声が馬鹿でかく聞こえてくる。一人の年取った女が、立っていつまでも何かわけがありそうな二人に気が付いて、「食べて食べて」と一人が大きな声で差し出し声をかけた。あの勝気なクニさんが、隅っこの方から、まるで子ウサギが穴から恐る恐る外に出てきたように、その台に近付いて、差し出すリンゴを両手で受けて、口に入れ、だまったまま、台の上の小さい青いリンゴや並べた野菜を見ていた。食べているうちに、まるで観音さまが微笑んでいるような笑みを浮かべて、丁寧に頭を下げた。売り手の女性も、心に通じるものは何か同じと感じたのか、口元を緩めて返したようだった。クニはその時思い返していた。秋の末頃に、ツンドラ地帯で積んできてくれたのか、コケモモの実を摘んで持ってきてくれた人のことを。

戦火の年の八月には、四万三千人の朝鮮人がいたと記録にある。ところが本土に引き揚げるに当たり政府は、日本人捕虜及び一般の日本人のみの引き揚げを許可した。クニはすぐ引揚船に乗れたが、この人達の戦後は終戦前と同じこの地にいて続いているのだろうか。

帰りの船では、行きと違って二人はどっと疲れだけではなく、本土の太嘴カラスより大きいワタリガラスも他の自由な鳥の姿も見ることはなく、重い気持ちで黙り込くっていた。それでも私は行きはよいよい帰りは、何故怖いか聞こうと思った。『ねぇクニおばさん』と言いかけて言葉を飲み込んだ。クニさんの海を見るまなざしは、帰りは恐いといっていたように私には今までにないほど深刻に見えた。クニさんはしゃべらないではいられないように口をもごもごさせ、

「この海峡に来るまで、ロシア軍の放つ砲弾の炸裂する音が間宮海峡からもあねっつぁがいたすぐ隣の落合側の内陸からも聞こえ、すぐそばまで迫ってきているのを体で感じてた。一度家を出たが、それでも又ここに留まろうと引き返した時、我が家に火を放った人影が見えた。山形のあねっちゃが強く俺の体を引っ張ってどっと雪崩れる人の群れに向かいながら引き留めた」一息息を吸ってからまたクニさんは続けた。

「さっき下車した駅の近くで、ロシア女が俺達にマッチを擦るしぐさをして抗議をしたのと同じ目に俺もあった」つい今しがたまで竈《かまど》で飯を炊き、布団の上で寝ていた家

に火を放ったのだ。その時たまげたように耳元であねっつぁが「火つけた奴は日本人だった」そう押し殺した声で言ってから、青白い薄い唇をかんで「死んでたまるか」と言い放ち、俺の手を引っ張るようにして、逃げ延びる人の群れに交じって逃げた。

それからは、もうあねっつぁに手を引かれて大勢の人にもまれてやっと乗船した。ところが海峡を渡る時、もっと恐ろしいことが待っていた」

又、荒くなる息を鎮めるように一息ついて続けた。

「引揚船は、北海道の小樽に向かっていくはずだつた。船底も階上ももう立って寝るほどの混みようだった」

平成の帰りの船は、行きと同じ、静かなのっぺりした夏の海が広がっている。クニはあえぐように続けた。

「あの日の八月の日本の海は、真っ黒い海だった。突然の闇の中の爆発音で目がはっきり覚めた。それは突然起こった。引き揚げ船から、闇の海に投げ出されたのだ。モガイテモガイテもうだめだと思った時、人の顔が浮かんで「生きろ」と聞けた。やみくもに手足をありたけばたつかせたような気がした。無我夢中の中で白い海がわずかに見えた時浮き上がって助け上げられ、北海道の西海岸の留萌に降ろされた。生還した途端に又あの島に残っていたらと未練がましく思った。でもやっぱり生きたかったんだと気が付いて、あねっつぁの手を探した。「死んでたまるか」といったあねっつぁだども、俺が生きて、何年たっても、もうその手はつなぐことは、かなわねぇかった」

あねっつぁのことになると、強いはずのクニさんの細い眼から際限なくぽろぽろと涙があふれでた。それを見て、私は何のためにクニさんと一緒にこの旅に同行したか、初めて悔いた。宮澤賢治も少数民族とか間宮海峡の先のアムールの上流から渡ってきた民族など、もう島に向かって始まった旅の行きの時のことなどどっかに消え失せていた。

この引揚船で多くの婦女子が十五日の終戦の後も、攻撃されて亡くなった。国との約束ごとも、守られない戦争。いまだに自国に帰って愛する人達と再会できない人がいる。二十日過ぎロシアの戦艦は、間宮海峡から日本海にまで潜伏して、日本の女子供を乗せた引揚船に向かって海の底から攻撃した。

「それでも俺は引揚船に乗ることができたし、撃沈されたというのに引き揚げられて生き残れた。本土に還り、子供の行方も探すことができた」。とクニさんは海を眺めているようで海を見ず、空を見上げているようでそうではないようなまなざしを彼方に向けてつづけた。本当にこの目の前の静かな海で、8月22日「南樺太の大泊港から出航した小笠原丸1400トンは午前4時半留萌沖で潜水艦による雷撃で沈没、700人中生存60名。5時半2700トン第二新光丸留萌沖西方25キロ沈没800人中1

００人救出。貨物船能登丸１１００トン宗谷海峡で三機の攻撃機で撃沈され貨物を除き、正確ではないようだが推定１７０８人の死亡という数字を活字で確認した。太平洋戦争8月15日、終戦という宣言の後に、こんなに沢山の人が亡くなったことが近くの北の島で起きていた。終戦とはどういうことを指すか、今のウクライナの終戦とはどういうことになるのか。若いクニさんの樺太行きの船は、不安の中にも希望を乗せていたはずだったのが、再びのロシア侵攻で、帰りの船は地獄のような怖い道となってしまった。歴史という長い出来事から見通した時、人の群れの移動は、ロマンや夢だけではない、世界は争いから決死の覚悟で逃げ避難移動する難民の人々が今もあちこちで続いている。

今、２０２３年1月12日わずかに残された時間の前で、私は焦る日々が待っていた。「焦らなくなる本」を焦って読んでみたりして途中で投げ出した。クニおばさんが生きた戦後。昭和平成と私、つまり大人になった私は何をしてきたのだろうか。戦後すぐに教科書を墨で塗りつぶして、戦前の教育を否定し、手足のない兵隊さんが物乞いのようにアコーディオンを弾いているのを、おまわりが逮捕する姿を子供心に、親さえも不審な目で見たはずの自分が、この八十の年までこの社会に対してノーを突きつけたことがあったろうか。十七歳の少女マララ・ユスフザイの「一人の教師と一冊の本と一本のペン」、環境破壊を一人でしょい込んでストする幼く見える女の子グレタ。その小さな女の子の脇で大人達が声を発している姿を見ると、自分が子供の時に大人に向けた批判の目が、今八十になって、大人の自分自身に向け問われている気がしてくる。三歳の時戦争があった。それでも、幸運に今まで生かされて、地方の小さな部落に住む老婆だが、戦争という答えのない戦いに、一つ思うことがある。

いま　間近で気配がする
ひそやかな気配は灰色の中で爆音を鳴らす
二人だけでは戦争にはならない
戦争は一人のリーダーを囲んで群れでやって来る
かつて人類が群れで狩りをしたように
戦争は　これからは群れのＡＩでやってくるのだろうか
戦争は　気配のように煙のようにカスミのように近づき
突然巨大な群れと力となり襲い掛かる
だが　戦争には筋書きが必ずある
初段階があるはずだ
若者たちよ。身体も知能も鍛えよ

群れに惑わされず
自身の頭でリーダーを捕らえよ
そうすれば自ずと勇気と知恵が湧くかもしれない
今　戦争に正解はないかもしれないが
けれど　私ひとりは思う
戦争は武器を持たず　素手で
言葉と知恵と地上の多くの人の声で無くすしかないのでは……っと
それがダメなら　逃げるが勝ち
国境や民族を超えて
大きな群れを作らずに
自然と共存する生活のできる場所へ散る
若者を兵士にせず
住まいと食べ物を大地に求めて
どこまでも　どこまでも
〈ちょっと大見栄えを張ったなぁ〉

四　とおりゃんせ

クニおばさんは、北海道の留萌から秋田のなだらかな山々とその麓の田んぼに囲まれた村に帰ってきて、暫く寝込んでいたという。息子のことを尋ね歩き、三日間、部落の祭が好きで、その日には必ず帰ってきて、山のだしを曳いていた姿を見かけたことをきいた。娘の方は、当初会いたがらなかったようで、気丈な人に見えただけに、樺太から本土に戻って支える気概のようなものを一時はなくしたようだった。

サハリンワンのニュースが今日もあった。二月にウクライナ戦争が始まってすでに暮れに入る。米と英はすぐ撤退したが日本の企業はロシア国家と言うよりプーチンとの新会社と契約を結びなおすらしい。

ある冬の寒い日、クニさんが帰ってから、棲家を提供してくれ、歩けなくなるまで働いた小さな旅館のおおばっちゃにあって、クニさんの南樺太に迷いに迷って残りたかったわけを聞くことができた。

「あんたが樺太まで一緒に行ってってくれた人かね」

そういって色白な百近いおおばっちゃがしっかりとした声で、たっぷりとした笑顔の皺だらけの顔をむけた。どたどたとひ孫らしい男の子が入ってきて「お菓子うめかった」と親しげに挨拶した。

「クニの子供と同じ年なんだってね」

初耳だったが、ただ笑って返した。

「死ぬめぇに北の島に旅ができてホントにえがった」

身体を少しずらせてこちらに向くと、ゆっくりと手を伸ばしてきたので手を添えるようにすると、

「温い手だこと。クニも男の消息は全く摑めなかったらしいが、それでエガったんだな」

老婆の目元の深いしわがゆっくり動いて穏やかなまなざしに変わった。

「クニに、生まれてからこの方おめえは、地の果て樺太まで行って難儀ばかりしたな」

と声をかけると、

『いやいやおおばっちゃ。俺は樺太さいって、そこでほんとに人として生まれてエガったと思った。山形のあねっつぁにについて渡った時は、もう捨て鉢だったが、このあねっつぁは、いつも食べるものを手に入れると、必ず分けてくれた。そして、暫くして長屋のような所で二人で暮らし始めた時は、ほんとに生きてここの島にきてエ

ガったと思った』

クニは、そういって堰を切ったように樺太のことを話し始めた。

『それから、あねっつぁに男がついて家を出て行ったあとは、まったく一人になって暮らし特に冬は堪えた。マイナス三十度という縛れる寒さとあの大陸から海を越えて近づいてくる空いっぱいに真っ黒い獣が大声で吼え続けるような海鳴りと、こぶしのような硬い氷の塊。屋根にたたきつけられるバチバチと打ちつけるすさまじい波風の音。そんな日が三日から一週間も続くと、食べるものがなくなって、暖を取る焚くものも心細くなり生きた心地がしなくなる。その吹雪が止んだ翌日には、身も縮むようなことがひそやかに家家に伝わり、棺が運び込まれるのを見た。そんなひどい冬の寒さと吹雪で、ある年には百人以上の死者を出した。真岡でのそんな海の近くの生活に、ちょっとした何とも言えない心がほっこり温かくなるような時間があった。切り出した木材をいかだで運ぶ飯場にあねっつぁの代わりに飯炊きの手伝いに行った。短い春から夏に向かう時だった。ある人と行き帰りに挨拶だけするようになった。いつも頭の鉢巻を切りきりと固く巻いて小柄だけれど、とても身軽な人だった。私を「くぬさん」と聞こえるような呼ぶ方をするもんだから…。あの恐ろしい海鳴りの音の続いた朝間に、裏の板窓から私を呼んだ。軽い声と呼び方ですぐにあの人だとわかったから大急ぎで戸を開けると、暗い部屋でも身欠きにしんの匂いと真っ赤な赤いニンジンをぶら下げて持ってきてくれた。この土地に来て、何が怖いと言って、内陸で育った俺はこの北の島に来て初めて海の近くに住んだ時、磯から聞こえる音が気になって仕方ねがった。彼がタマーに訪ねてきてくれ、一緒に飯を食っていくようになった。そんな時は本当にこの男がいるとどうしてこんなに不安が消えて、気持ちが楽になって、まるでこのままあの世さ逝ければと思ったくらい満ち足りた気分になった。本当に彼は優しくて私に触れる時は、特に大事に大事に扱ってくれた』

そこまで話して、クニは本土にいた時の生活の決して忘れられない酒乱の夫や子供を奪われたあと、とおりゃんせとおりゃんせと請われるままに選んだこの北の島にわたったことを、自分で選んだ道ではなく、運命づけられていたような気がしたという。『彼がそろそろ来てくれるのではと思う時は、七輪に火をおこし、湯を沸かして待った。ある時は、箱の中にしまってあった真新しい手拭いをだしてきて渡した。ある時は、彼の半天のひもがとれかけていたり、腹巻の端をしっかり針目で留めてやった。半纏の脇がカギ裂きで裂けているところは、俺の着物のいっちょう羅の紬の端を裏側に当てて、ヒト針ヒト針返し縫いをして、しっかり繕った。そんな時は「これで大丈夫。何が起きてもこわくねぇ』そうやって彼の身の回りのことをしている時間が一番幸せで、帰ってしまうと涙さえこぼれた。そして不思議なことに彼に巡り合ってから、凍てつく冬の死の影や海鳴りの咆哮さえも、恐ろしいということを忘れてしまったかのように変わっていった。

『そんな大切な時間は、むろん長く続かねぇことはわかっていたども、突然八月十一日ロシアが宣戦布告を日本に告げた何日か後、終戦とかいうニュースで島中が混乱している中、彼が日中急いで仕事してるとこまでへぇってきて「すぐに大泊まで逃げろ。そして日本に還れ」そう早口で言った。思わず彼の一方の手にふれると、顔を振り向けて「生きろ」と言うなり駆け去った。すぐにクニは山形のあねっつぁに連絡を取ったが中々返事が来なかった。日にちがどんどん経ち電話で特別連絡が取れた後、小さな包みを抱えて、やつれた様子でクニの所へ来たのは盆も過ぎてだった。クニに逃げろと言った男の言葉の後、身の回りの状況は、みるみる深刻になって、北からの引揚者がどんどん増えていった。近所の人も皆逃げるか留まるか、他の土地に行くか混沌として右往左往する事態になっていた。クニはぎりぎりまでここに残ろうという思いが強かったが、あねっつぁが来たことで、引き揚げ船に乗るためここを発つことに決めた』、おおばっちゃは一息つくと、

「クニはそういう朝鮮人の男との出会いを打ち明けて話した。もう一度、樺太がどう変わったか死ぬ前に一度だけ行ってみてい。あの人との出会いは夢だったか現《うつつ》だったかと想う時があってな」

フクフクしい老婆はふと黙り込んで脇のガラス戸を開け、そばの器からぱっと米粒

らしいものを摑んで投げた。その先には、冬の雪の中にスズメらしい鳥が五、六羽いて、投げたエサを一斉についばんでいた。

「毎年、来るスズメの数が少なくなってしまってな」

そう寂しそうに言った。その雀の動きを見ながら、私は、クニさんは名前も国籍も定かでない男に「生きろ」と言われ、「死んでたまるか」とままならぬ身体にあるあねっつぁの言葉を聴き、命からがら帰国の船に乗って生死の境を助け上げられた。「乗ってしまったことを後悔していた」ことや「行きはよいよい帰りは恐い目にあった」訳もすーっと体に入った。おおばっちゃは、手前に湯飲みを引き寄せてごくりとお茶を含むように飲むと更にため息をついて続けた。

「夫は、クニが樺太に経った二、三年もたった頃、雪下ろしに屋根に上り落ちてあっけなく死んだ。二月頃落ちたんだか誰も知らねぇでいて春三月の雪解け頃になってやっと見つけられた。だからクニが九死に一生を得て帰っても住むとこも寄る辺のある所はなかった。私らも知らなかったから、何年かたって、この家の裏の小屋になんとか少しの間すんだったたな。当時はどこもすぐにも食べるものに困った時だども、ここらは土に何かを植えれば何とか食い物にありつけた。その間もクニはそれまで息子の行方をずっと探し始めた。大雪の日も山や川で焚き木ひろいや薪を作り、分家や知り合いの田んぼの畔やクロで朝から暗くなるまで働き、銭かせぎのため、男に交じって、あの玉川の砂利を木のリンゴ箱に背おい、ダラダラとヘドロを全身にあびてジャリを運ぶ仕事までやって、もう腰の骨が砕けるほど使っても、尚最後まで息子の行方を案じ警察にまでいった。秋の祭りの日には、若いときは必ず戻ってきてたらしいが、三十を過ぎてダム建設や建築現場の下働きをして転々とし、工事現場のバラックで寝泊まりしていたのか場所はつかめなかった。生まれながらに軽い障害があったため、時代が時代なだけに、人として扱いされずに学校もまともにいかずに働きにだされていたからな」

おおばっちゃは、樺太の話から本州の生まれ育った地に帰ってからの話になると、目頭を押さえて、クニの男の子の預けられた戦前の話を、私だからと重い口調になって続けた。

「クニの息子と俺のひ孫は同じ学年だった。あちこち預けられ、ほっておかれていっつもいじめられて、八幡様の木の陰で泣いていた。ひ孫が見かねて連れてきた時は冬だった。顔が紫がかってひび割れてまるで木の肌のようで、手は、しもやけがひどくなって膿んでいた。髪はほうきのようにとかしたこともなく、下は着物も下着も臭くてしかたネガッタ。まるで言葉にして悪いが、こつじきよりひどいざまをしていた時もあったさ」

時代が戦時中から戦後すぐの頃だとはいえ、

「お前のかかぁが捨てたんだから、お前の親を恨め」と預けられたうちの女は教えたようだ。その話はもう止そう。身を粉にして働いて樺太でもがんばったんだ。それからは、息子のことも訪ねずに、小金をためて、息子と自分が入る墓を建てた。その墓の名前も、呑み助の夫の名字にしてな」

近くで子供の声がした。

「カ・ラ・フ・ト?」

中学生ぐらいになるか明るい高い声が近くでした。

「そんな国あったかな」

「今はサハリンという島」

「ふうーん」と言って地図帳でなく地球儀を持ってきた。暗い話が、ぱっと明るい雰囲気になった。

「おおばっちゃ。どこ?」

私がゆっくり回して、

「ここ」っとさすと老婆の手は北の方を指して「ここが北朝鮮」と言った。

1991年ソビエト連邦が解散。そのすぐ後にプーチンは1995年にサハリンのガスパイプラインは露の大統領令で始めた。翌年私はその島に行ったのだけれど、98年の夏のサハリン②の液化天然ガスのプロジェクトはアメリカ村やイギリスも加わって家族パワーでまさかこれが経済戦争につながるとはだれが察知しえたろうか。まさに今、ウクライナ戦争の正体は、ロシア大国の野望のため、ヨーロッパの海底にまで伸びたその豊富な資源の触手は、今その正体を露わにした。サハリン①②と同じく、プーチンはかつての対戦国ドイツに同じ天然ガスのパイプをシュレーダーとメルケルに経済の架け橋であるかのようにノルドストリームⅠⅡを結び、今はそれはウクライナ戦争の経済戦略として供給をストップさせ、おおいにヨーロッパの冬に脅威を与え政治的な武器となってしまっている。寒さに向かう小国のエネルギーの枯渇は更に悲惨な生活を強いられる結果となってしまった。

「なんだ、サハリンも北朝鮮も、どっちもすぐ近いお隣さんなんだね」

と男の子は眼を輝かせた。

「今ではまた遠い国になった」

と私は心の中でつぶやいた。少し冷えてきたように思ったら薪ストーブの火がとろとろと力なく燃えていた。息子らしい老人がガタガタとガラス戸を開けて入ってきて、老婆の後ろにある薪ストーブの前にかがみ込んだ。「冷えてきたんスナ」といって太いクヌギの薪をくべた。日本も灯油と薪の値段は、場所によりトントンになっている。山は荒れているのに、薪を作り運搬する若い者の人材がいないためだ。

二月に向かって、マイナスの酷寒の冬を、薪もなかなか手に入らなくなってきているときく一千万ともいわれるウクライナ難民達は何処へ。受け入れた隣国ハンガリー、ポーランド、ルーマニアなどの小国家などは、どうこの寒さの中、支えていこうとしているのだろう。戦前生まれの私も、戦中戦後と、親戚や身内と住む場所と、食うのが皆なかった時代に、人間関係を損なう厳しい付き合いになったことを子供心に覚えている。クニさんが厳寒の中、かんじきを履き、傘もかぶらずほっかぶりをして、裏の川べりの向こうの山にまで雪を漕いで入り、杉や折れた木の枝を集めて薪を拾い、暖を取るためと飯を炊くため泳ぐようにはい回る姿が浮かぶ。北の厳しい冬とはいえ、自然の海と陸のわずかな恵みで人は生かされた。土を踏みしめて大地にはいつくばって生かされた。都会のコンクリの中に住む人達は、自然の中で生き残る知恵が今どんどん忘れられて、電気やガスだけに頼っている。老婆から見ると実に心もとない。

「クニさんの住んだサハリンの西側、そう左側の海は、日本海からの暖流が上るので、冬も不凍港だった。その反対の右の海、オホーツク海は海が凍って、北海道の方まで氷が流れてくるの知ってる？」

「知ってるよ。ニュースで流氷が来たと天気予報ででるもの」といってから男の子は、

「でもあの海が全部凍ってしまったらいいな。スケート靴を履いて、何処までも旅ができて、どこの国までも滑っていけるかもね」

「おっそうだね。でもそれって温暖化の真逆のゲキ寒になっちゃうかも」

この目の前の若い年の子の自由な発想を聞いていると、学生時代の反戦デモを思い出す。あの時のシュプレヒコール。道路の真上の歩道橋で、警察がカメラで写真を撮ってデモを待ち構えていた時の恐怖。そしてスクラムを組んでしまうとデモという群衆の中から抜け出せないのではという不安。これでほんとの反戦になっているかという迷い。そのあと見た光景で私は運動から離れた。その離れたきっかけは、大学構内で各派のリーダーのそれぞれの主張を聴く機会があった。まじめに彼らの各派の言い分を聴きたいと座っていた私は、一人の声高に叫ぶマイクを握った男が、こともあろうに、一番好きだったその階段状の教室の隅にあるスタインウェイのピアノの上に突然土足で飛び乗ってアジ演説を始めた時の、血のたぎる怒りと不信感。それまで授業前のわずかな空き時間などに、その鍵のかかっていなかった小ぶりのスタインウェイのピアノを弾くことができた至福の時間。日本製の重い鍵盤と違い、小ぶりで上に重心が感じられる軽い鍵盤とその音のタッチの重みから出る音色に、心を癒されたものだった。私の反戦行動はこのセクトの行動で、彼らを全否定して運動から即身を引いた。そのあとまもなくあさま山荘事件が起きた。学生運動の最後の姿ととらえ子供のオシメを替えながら、テレビ画面を食い入るように見続けたあの若い時を。

もう一度あった。その時はもう若くはなかったが、これで世界は戦争のない平和が訪れると心躍った経験をした大事な一瞬があった。一九八九年十一月ベルリンの壁が崩壊した。その時も私の生活は、姑の寝たきりの介護や地方の言葉や風土に眉を寄せての家事育児に追われ、わずかな大人と子供にピアノを教えている普通の主婦だった。

その翌年、私は一大決心をした。病人の姑には介護者をつけ、子供達には「病気で入院したと思いなさい」と言い置いて、ある団体の旅行に紛れ込んで、ドイツに向かい、ベルリンのブランデンブルク門の前にたった。ベルリン市街はマラソン大会のためバスの渋滞ですでに夕闇が早くも迫り、わずか数分の許可が下りたなか、バスから飛び降りて門に走った人は、確か二、三人しかいなかった。そそり立つほど高いあの門は、工事中であるかのようにふさがれ、いやバリケードか門の下はふさがれていて、脇の方は通れるようでもあった。その正門の下に、出店のように台の前にものを並べ、スカーフをかぶった体格のいい女が寒いのを防ぐように足踏みをして、その子供らしい小さい姿が、ポケットに手を突っ込んでうろうろしていた。息せき切って飛んでくる私達数人を待つようにじっと見ていた。ドイツ人ではなくマジャールの人かと思いつつ、暗闇が迫っているあたりに人影はほとんどいない。顔もぼんやりとしか見えないほど暗くなりかかっていて、頭の中に焼き付いているテレビに映ったあのハンマーを振り上げ壁を壊す多くの若者の姿や、抱き合い涙を流すあらゆる層のリアルな人々の姿はなかった。もう一度門の下を見たが工事でもしているように門の下は板ではりめぐらされ通れず、脇の方から東に入れるようだった。焦って私はその女と子供を入

ORGINAL
DIE
MAUER
ORIGINAL
1990年11月
ベルリンの壁一片

れて写真のシャッターを誰かに押しもらい、その前に並ぶ台の上を見た。ベルリンの壁の手のひらに入るほどの、ペンキの赤黄青の石の破片がビニールの袋に入って、裏側にブランデンブルク門の東側と西側からみた門が印刷されて見えたので、夢中で値段を聞いて五つ手にして走ってバスに戻った。この時のことを思い出すと、今でも頭が寺の大鐘の下に立ったように興奮する。歴史の舞台の現場に立ってみて、しかも壁の一片が証のように掌中にある。世界の人々の解放の喜びとともに全人類の平和が共有できたような感激だった。

「おばさんピアノ弾けるんでしょ」

という声に我に返った。

「うん、君ぐらいの時は音楽家になりたかった。でもなれなかったけど、ピアノを弾くのが好きで、ずっと七十年ぐらい弾いてたから、ほら、その証拠にこの親指の付け根の筋肉が盛り上がっているでしょ」

「へぇーすごいね。そんなに弾いたの」

「音楽やってると、人を憎んだり恨んだりしなくなるかもね」

「俺も好きな曲弾けるようになりたい」

「いいね。ゲームのファイナルファンタジーのエアリスのテーマ曲やザナルカンドの曲大好きだよ」

そう言葉をかけると、若い真っ黒い瞳がきらきら光った。若さというものは、なんと美しいのだろう。兵士になんか絶対させてなるものか。令和は、疫病のコロナとウクライナ戦争で始まり、いまだに終わりがどちらも見えないどころか、兵器や兵士の増大に向かい始め第三次世界大戦という活字があちこち見かけ始めた。冬の中の生活の映像をみると、クニさんの厳しい生き方につながる。北の島サハリンは、今はむしろ遠い国となってしまった。最北のノグリキで見たあの夏の日、川で泳いでいた少年達は、数えてみると三十五歳位の未来を支える若者になっているはずだ。

これからの人達は「とおりゃんせとおりゃんせ行きはヨイヨイ　帰りは恐い」怖いながらも通るか通らないか。プーチンとの交易は、令和五年五月まだ日本は継続されているようだ。

完

著者プロフィール

神代 里枝（じんだい さとえ）

1942年　東京都生まれ。
1945～73年　信州と東京とを往来。
1973年～現在　秋田県在住。

とおりゃんせ

2023年12月15日　初版第１刷発行

著　者　神代 里枝
発行者　瓜谷 綱延
発行所　株式会社文芸社
〒160-0022　東京都新宿区新宿1－10－1
電話　03-5369-3060（代表）
03-5369-2299（販売）

印　刷　株式会社文芸社
製本所　株式会社MOTOMURA

ISBN978-4-286-24651-2